U0040662

生命迴旋

潛行生死2322天

鍾灼輝——著

【推薦序】

活出生命的真諦

單國璽

生命是天主所賜的禮物，我們今生的課題，就是如何讓這份禮物散發出光與熱。本書作者鍾博士灼輝弟兄經歷瀕死經驗及康復歷程，從中重新認識了生命；他以開放誠摯的心靈，一步步地探索天地人的關係，體悟了人性與生死的真諦。期許這本書的問世，能啟發浮躁忙碌的現代人們，向內沉潛自省，向外敬天愛人惜物，活出生命的真諦，達到人生的目的。

（本文作者為天主教樞機主教）

【推薦序】

跨越生死長河

周進華

香港大學認知心理學博士鍾灼輝，完成了第一本香港生死書《生命迴旋：潛行生死2322天》，鍾灼輝現身說法分享自己「死裡活來」的生命故事，不愧為「生命勇士」，大家應該人手一冊，從中讀出勇氣、讀出希望、讀出愛。

達賴喇嘛說：「死亡就像脫掉破舊的衣服……獲得死亡淨光的證悟，就如同找到一把開啟寶藏的鑰匙一樣。」泰戈爾也說：「大地的幻想之花，是由死亡來永保鮮艷的。」川端康成更說：「佛雖常在，卻不存在現實，可嘆的是，佛在闃寂無人喧鬧的破曉前，朦朧地在夢中隱現。」

無論如何，研究瀕死經驗的目的，並不是要向世人證明一定有「來生」，而是要告訴大家如何面對「今生」。絕大多數的人，未必有機緣遭逢這種經驗，可是，我們一定能從鍾灼輝等瀕死經驗者所得到的啟示中獲益。

本書所描述的，都是鍾灼輝走過死亡核心地帶的真實體驗，他為什麼能徹底消除對死亡的恐懼，活出熱烈的生命、去照亮更多人？從書中字裡行間，去分享他的生命內涵，相信您也可以穿透生死的迷思，找到生命的反射、折射後的繽紛。

二〇〇一年五月十八日，在擁有多次瀕死經驗的周大觀文教基金會副董事長兼總執行長趙翠慧主導下，我們動員三萬五千人次義工，在台灣街頭巷尾訪談，推估台灣應有十二萬人曾有瀕死經驗。因此，周大觀文教基金會與遠流出版公司合作，出版發行台灣第一本生死書《重新活回來》，八位瀕死經驗者挺身而出，生命終點的訊息，一一見證、歷歷在目……除深獲台灣生死學界權威人士一致肯定，各界電話、信件也如雪片般湧入周大觀文教基金會，隨即於二〇〇二年七月十七日日催生了「台灣瀕死經驗研究中心」：全球關懷生命走透透分享活動，迄今已橫跨歐、亞、非、澳、美五大洲三百九十五場次，引起了國內外極大的迴響。

我們為內外各界喝采，台灣生命天使趙翠慧重新活回來，香港生命勇士鍾灼輝跨越生死長河，號召大家一起航向熱愛生命、關心別人的彼岸。

（本文作者為周大觀文教基金會創辦人）

【推薦序】

生命的恩寵

趙翠慧

承蒙星雲大師慈悲教導，勉我以三種力量來面對病苦。首先要相信「藥力」：聽醫師的話，好好看病吃藥；第二要相信「法力」：佛法無邊，堅定的信仰是最好的依靠；第三要相信「願力」：願力無窮，發願在自己病好後能服務別人。我更深刻體會大師勉勵佛光會員的四句偈：

慈悲喜捨遍法界，惜福結緣利人天，
禪淨戒行平等忍，慚愧感恩大願心。

一九九九年，我在重病六年之後，經歷了一場可遇而不可求的「瀕死體驗」。感激佛菩薩的垂憐，在我幾乎奄奄一息的時候，讓我浸浴在溫暖的強光中，享受著恩賜的「天衣」，聽著只應天上有的「天樂」，我是那麼被寵愛著、無比的幸福，正被眼前的景象感動著，腦中突然閃出一個念頭：這裡如此美好，我多想和大家分享啊！於是我就回到了我氣若游絲的身體裡了。

第二天，大師來看我，聽我的敘述後，慈祥的叮嚀我，有機會去和大家說說妳的經歷吧！於是我發願，走遍世界和大家分享我的生命經驗。我終於明白了大師的愛，正如研究瀕死經驗的專家學者一致認為：只要親耳聽過瀕死經驗的人述說，不需要親身經歷瀕死，一樣會有如瀕死過的人帶回來的正向人生觀，像是被注射了良性病毒，懂得：熱愛自己的生命、尊重別人的生命、維護地球的生命。

很感謝灼輝鉅細靡遺的寫出了他的生命故事，每次聽他很認真的敘說時，其實，我很喜歡聽他的廣東國語，那麼真誠而生動。他有時為了加強語氣，用上一些諺語，常常讓我們笑倒了，他也跟著笑翻了，從來不以為意的直率個性、很可愛。

收到書稿時人剛到紐約，由於時差，日夜顛倒，夜深人靜時，打開小電腦看看吧！不看還好，一看就被灼輝精采的生命故事，深深吸引住了，欲罷不能，只能一路讀下去了……

灼輝在平靜溫暖的「光海」中，竟然還可以「與神對話」，這真叫人羨慕極了……他那段「人生回顧」尤其令人感動，他神智清醒地檢視了他三十年的人生，偉大的存在讓他選擇去留，完全尊重他的自由意志，那不是用語言溝通的溝通，到底是光的意識？是心靈感應？是神？是佛菩薩？這都不重要，最重要的是：那無盡至愛的召喚，給予灼輝重返人間後，面對辛苦艱難的療癒過程時，最大的支持。

如果不是經歷了瀕死，灼輝怎麼熬得過那些身心上的嚴酷考驗呢？瀕死為他帶來了全新的人生方向，充滿了愛與感謝的去做全新的生涯規畫，透過重生的夢想，他體悟到人生最珍貴的寶藏——智慧，智慧讓心靈生出翅膀，海闊天空的任意飛翔。

更難能可貴的是，灼輝在瀕死之後回到港大修得「認知心理學博士」，熱心助人，以西方現代心理治療結合東方傳統文化之道，聽他廣泛引用「香道」、「茶道」、「書道」的療癒方法……看著他充滿了熱情地面對求助於他的人，看到他雖然年紀輕輕卻如此慈悲、智慧，我更加深信：瀕死經驗是可貴的。能與大家很理性地分享我們的生命經驗，已是幸福的事，如果能因此而帶給大家一些啟示或力量，就更是感恩了。

瀕死經驗絕對是生命的恩寵。

（本文作者為周大觀文教基金會副董事長兼總執行長、國際佛光會中華總會北區協會會長）

【推薦序】

用生命活出大智慧

顏嘉琪

這個瀕臨死亡回來的人，和死亡打過照面，又和我們分享死亡剎那的情景和感受，逼著我們正視死亡焦慮。都說這些人是有使命的，乍聽起來好像神祕又浪漫。沒想到他們歷劫歸來，日復一日輾轉病榻，康復過程是那樣痛不欲生，重生的考驗是那麼的嚴峻和冷酷。

鍾博士終於選擇以「放慢腳步」來面對他新的人生。他用心聆聽宇宙萬物的訊息，他用心傾聽內在的聲音，他用心擁抱自己的陰暗面，他也用心活在生命的每一個細節中。真心、願力和努力，讓他不僅活著，還奇蹟式的從殘廢的身軀站起來、走出去，更善巧的取得開啟人生智慧的鑰匙。

作者邂逅了我們與生俱來的純然本心和天地之心，找到了重回光之海的途徑。這是個用生命寫成的故事，是一個用生命活出大智慧的故事。讀完以後，內心震撼、感動久久不已。

（本文作者為美國密西根大學心理諮商學博士，美國明尼蘇達大學心理衛生中心資深心理治療師，現居香港。）

【推薦序】

人生真實版的《小王子》

何玉美

獲邀寫序時，心裡甚為惶恐，因為記不得多久沒有提筆寫文章了。想到這幾年有幸參與Bell（作者鍾灼輝）親身體悟人生智慧的過程，不由然地希望與讀者分享朋友眼中的Bell。

認識Bell之初，很難想像眼前開朗健碩、帥氣慧黠的陽光男孩，曾經瀕臨死亡——自駕滑翔飛機自五、六十層樓高度失事墜下，其後奇蹟性的存活與康復。如果不是他身上多道如蜈蚣般深長的疤痕，及當年的失事報導，令人難以相信能跑、能跳、會潛水、跳舞……的他，曾有如此驚人的遭遇。

重新活回來的Bell是一個善良、誠懇、自在、純真、好學又多才多藝的人，除了擁有心理學博士及資深執法人員的「正職」之外，他也精於茶道、香道、音樂、園藝、風水、卜卦、咖啡……還擁有專業品酒師的執照，可謂十八般武藝皆曉，朋友也戲稱他的超班（港人「超水準」之意），是「摔機症候群」。身為朋友的我們雖羨慕，但沒有人想嘗試。

Bell對朋友最大的影響，應該是顛覆大家的固有思維，重新接受並相信以前不知道的存在。因為發生在他身上奇怪的事情太多了，雖不可思議卻又如此真實。

記得青藏之旅時，我對自己是否要成行，一直反反覆覆、猶豫不決。但Bell自始至終都非常堅定，因為「二年前就有『聲音』要他去一趟」。從西寧到玉樹途中，因為Bell有輕微的地中海型貧血，所以是車上第一位有高山症反應的人，他沒吃藥，但不知為何，他很快地就適應高山稀薄的空氣環境。我一直有疑問，直到看到本書才了解箇中的奧祕。

另外，海地大地震的前一晚，Bell通知Ann趕快關窗，因為「空中有死亡之氣」。還有日本海嘯前一晚，Bell在睡夢中因感受到強烈的震動，竟然被震下床。朋友們都開玩笑，說他有昆蟲預知地震的能力，可以加入「蟑螂一族」。

朋友們選擇輕鬆帶過，就是不希望這些事情被貼上「怪力亂神」的標籤。雖然每件事實，都觸動我們的興奮與好奇，但大家更神往當中對生命的啟發及體悟，而且它是如此真實的發生在Bell的日常生活中。

對本人而言，本書猶如維基解密般，串連並解析之前親身見聞的「怪事」，因此讀來倍感親切及感動。同時，也非常感恩自己有機會，置身在這奇幻之旅當中，體會人生智慧。而擁有此書的您，一定也是幸運的！

如果不解人生為何充滿恐懼、害怕死亡、害怕失去擁有的……如果希望輕鬆、安全、自信、自由與自在的生活……如果想追求純真的心靈、體認生命……相信本書將可做為您人生真實版的《小王子》。

（本文作者為新億國際（香港）有限公司董事長，港澳台灣同鄉會名譽會長，港澳台灣慈善基金會名譽主席）

【作者序】

讓心靈的翅膀，自由飛翔

這是一個用生命寫成的故事。

故事始於六年前的一個晴朗早晨，當時我正在滑翔機的駕駛艙，乘風飛向無邊的天際。突如其來的故障意外，讓飛機成了斷線的風箏。

地面的景物在我眼前迅速逼近，死亡正向我招手。在生死的一瞬間，我看見奇異的光景，聽到無聲的訊息，更遇上人生的最後一道難題。

在時間之流裡，我重溫了三十年的人生，同一時刻陷入滿足與空虛的兩極，迷惘於夢想的起迄之間，最後連離開或留下的決定也做不了。這時，我才驚覺**自己雖然活過，但從未真正活著**。

上天給我機會重新再活一次。我返回原來的身體，曾經擁有的一切，從生命裡一一消逝，事業、健康、財富、感情無一例外，我從人生的高峰跌入了一無所有的幽谷。

面對無常的生命，我曾經奮力掙扎，也試過消極放棄。**當我不再與時間競賽，不再跟命運角力時，我才真正看清生活中的每一件事，聽到大自然與內心的呼喚，認識何謂**

生命的流向。

生命的力量使我奇蹟地康復，我再一次學會用雙腳走路，學會如何用心看世界。憑藉兆象（徵兆跡象）的指引，我重回墜機之地，尋獲昔日遺下的太陽眼鏡，從此展開了一段啟迪智慧的奇幻之旅。

旅程中發生許多不可思議的事。原來，**只要真心相信，認真追尋，全世界都會聯合起來幫助你。**在找到天地之心的時候，我明白到宇宙萬物本為一體，既無常幻變，又恆常有序；生命不斷循環流轉，生生不息。在尋見純然本心的時候，我認識到人性既無善惡之分，卻又神魔合一；只有面對與接納自己的黑暗，才能放下對光明的執著。

在這趟奇幻之旅中，透過重生的十個夢想，我體悟到人生最珍貴的寶藏——智慧。**從前的我能夠上天下海，卻沒有得過真正的自由；但是智慧使我的心靈生出翅膀，海闊天空地任意飛翔。**在頓悉萬念皆虛幻的同時，不再為萬念所縛，自由地活在一個無生亦無死的世界。

現今的世道充滿了迷惘與憤怨，期盼這個故事能為你帶來心靈上的啟發與安慰。慢慢地你會發現，這其實是一個活著的故事，它有生命，它會流動。在不同的人眼中，會顯露不一樣的面貌；在人生不同的階段閱讀，會帶來不一樣的體悟。希望這本書成為你的朋友，陪伴你一步一步地，在智慧的道路上勇敢前行。

目錄

【前言】

二〇〇四年十一月九日　紐西蘭　晴

「控制塔，PW5，準備起飛，請求批准。」

「PW5，控制塔，跑道清理，批准起飛。」

「PW5，控制塔，開始拉動繩索。」

「控制塔，PW5，繩索拉動。」

滑翔飛機在跑道上加速前進，速度表上的指針不斷往上攀升，八十，九十，一百……我把控制桿往後拉動，滑翔機隨即離地升空。強勁的疾風從左面吹來，我小心控制機尾的方向翼，穩定機身在跑道中央的上空。高度表顯示飛機正穩定爬升，並到達脫鈎的高度。

「PW5，控制塔，最高高度，可以脫鈎。」

我把機頭下沉，啟動自動脫鈎裝置，把繩索從拉環脫離。可是我重複了兩、三次相同的動作，繩索卻被卡在扣環裡，並沒有成功脫離。高度表顯示的高度已經超過一百五十米了，由於機身被繩索過度拉扯，開始失去平衡往左傾斜。

「控制塔，PW5，繩索卡住，改用手動脫鈎。」

我啟動儀表板下的後備脫鈎裝置，以鋼索把掛鈎強行拉開，可是繩索還是被卡死在扣環內，並沒有順利脫離。我反覆嘗試起動脫鈎裝置，只是一點作用也沒有。

「PW5，控制塔：立即脫鈎，立即脫鈎，機身危險偏側。」

我開始意識到事態不妙，繩索的拉力令機身嚴重傾側，機翼開始失去承托力。我心跳不斷加速，手心冒著冷汗，努力思索著各種緊急處理方法，可是我的記憶裡並不存在這種罕有狀況的應對策略。

我坐在歪斜失衡的機身裡，深吸了一口氣，保持冷靜。就只有最後一次機會，因為已經沒有時間了。

我把控制桿全力往前推動，強行讓失衡的飛機向下俯衝。由於機翼已經失去承托，加上地心引力，飛機急速掉頭往下。這突如的相反作用力，成功的地把扣環拉開了，飛機終於擺脫了繩索的拉扯。

此刻，飛機正急速向地面螺旋俯衝。我必須以僅剩的高度換取飛行速度，在墜毀前拉升機身，這樣才可能有一線生機。

我意識到我的人生可能就只餘下這十秒不到的時間，我必須克服恐懼，以自殺行為般保持這向下俯衝的動作。地面的景象在我眼前快速清晰地不斷放大……

最後，恐懼消失了，換來的是一種接近興奮的感覺，生命燃燒到最後的快感。

就在距離地面不到五十米的高空，我全力將控制捍往後推到底，試圖平衡拉直機身，飛機隨即向前滑動，減緩了下墜的速度。可是，就只差那一點點的時間，高度還來不及回升，剎那間，所有的景象被黑暗吞沒了……

飛機失事墜毀在地面上，像是開關跳電一般，燈滅了。

第一章／時間之流

我從來沒有想過，出生跟死亡的感覺竟然是如此的相似。

在那片金黃的光海裡，有著前所未有的溫暖，一絲風也沒有，一種不屬於這個世界的寧靜。

而我，比羽毛還要輕，在天空中飄浮著。

眼底下看到的是一個渾身血淋淋的男人，手掌垂垂欲斷，只剩一層皮和前臂相連著，白森森的手骨從腕際處岔了出來；腳踝徹底的被切斷，巨大的撞擊力使得雙腿扭曲變形；全身的衣服都染紅了，遍身的傷口仍不斷汩汩地湧出鮮血。

那男人還沒死，他的心臟微微顫動，尚存一絲鼻息。

看著這樣的景象，我並沒有感到應有的害怕，也沒有絲毫的痛楚，但卻感到有點迷惘：那是我嗎？從外表看起來沒錯，垂死的人應該是我。但是，看著「自己」的這個「我」，卻在這裡如此真實的存在著。

那裡的「我」快要死了，這裡的「我」在想。在面臨死亡的一刻，靈魂離開了身體，變成兩個同時存在的我。

這光海是什麼地方，是天堂還是地獄？這裡沒有傳說中天堂的喜悅，也沒有想像中地獄的可怕，只有出奇的平靜溫暖。那是一種似曾相識的感覺，很久很久以前，曾經擁有但已經遺忘的一份親切感覺。

那時候我還是五公分不到的嬰孩胚胎，在母親的子宮裡，被溫暖滋潤的羊水包圍著。

這就是人死後到來的地方？既不是天堂也不是地獄，像回到大地母親的子宮裡，一片光之海。

我從來沒有想過，出生跟死亡的感覺竟然是如此的相似。

就在此刻，我感應到有誰在呼喚著，以接近聲音的話語向我呼喚。這是一種意識的交流，以心靈感應傳遞著訊息。意識是從光海的深處傳來的，那深處看不見盡頭，無盡的光就從那源頭綻放出來。

「你想要離開或是留下？」光的意識這樣問著。

離開或是留下？漂浮在半空中的我重複了這句問話。意思是，我有權選擇生存或是死亡嗎？

「這是人生的最後一道問題。」祂像是能理解我的想法似的。

此刻我的心情十分平靜，並沒有預料中面對死亡的恐懼。只是沒有想過，在臨死之前，我還可以選擇去留與否。我應該離開，還是留下？

「我可以讓你進入時間之流。」祂說。

一個水晶光點在我面前出現，在光點的中央，我看到嬰孩時期的我。光點向四周散射，像蜘蛛吐絲般，縱橫交錯地編織了一個三維的水晶絲網。我仔細一看，竟發現那些絲線既是時間，也是因果。絲線的流向有單向，有雙向，也有並行的，把我人生的不同階段與經歷互相連接起來，構成了一幅時間圖譜。

我發現我的時間圖譜，只是無數個組成體裡的其中一個小個體而已。個體與個體之間同時也被縱橫交錯的水晶絲線牽繫著，絲線相連著人和人之間的關係，構成了一個偌大嚴密的巢狀組織。

我走到我的組成體前，把頭慢慢探進去，感覺就像浸進水裡一樣，差別只是在於我不需要呼吸。我張開眼睛，彷彿走進一個多銀幕的電影院，裡面放置了大大小小、成千上萬的銀幕，而每個銀幕裡都在播放著我的畫面，從小時候的自己到現在的自己，每一個我記得的或遺忘的生活片段。我被眼前的景象吸引住了，這是一個我不曾經歷甚至想像的時空。

我看到兒時的我，童年生活並不快樂。我出生於一個貧困的小家庭，父母在我很小的時候，就必須在外為生活奔走。兒時的回憶就只有一間狹小的木板房，沒有像樣的玩具，也沒有難忘的玩伴。隨著一把熊熊的烈火，小木屋與兒時的回憶一併燒光了。

雖然家裡沒有提供什麼良好的教育，也沒有什麼特別的栽培，但我總算健康的長大。我的生活都是處於一種既平穩又平淡的狀態，沒有任何讓人炫耀的成就，也沒有犯過任何見不得人的過錯。

祖母從小就經常叮嚀我，長大後不可以進黑社會、不可以吸毒、不要作奸犯科。我的印象裡，祖母一次也沒有對我說過「要唸大學，當醫生或律師」……這一類的話，好像從來就沒有對我有任何期待一樣。所以當我考上了港大，對所有人來說都是出乎意料之外。

說也奇怪，我的學業成績卻是從上大學以後開始變好的，唸書、考試所需要的智慧像突然被開啟；從前看不懂、記不起的複雜理論，變得淺顯易懂，不需費任何氣力便能取得優異的成績。對於這個不可思議的改變，我也百思不得其解；後來才明白，那是因為找到了一個真正屬於自己的世界。我在大學修讀的是心理系，在心理學的世界裡，所有東西都變得熟悉起來，與其說是喜歡，不如說是親切更為貼近。我像被賦予了一種特殊的能力，能深切了解人的思想行為，可以自由遊走於意識與潛意識的領域裡。

正因為學業變輕鬆了，我有更多的時間做自己喜歡的事。從那時候，我開始愛上了咖啡、小說與電影，只要一有時間，我便會到咖啡館留連，一面看書聽音樂，一面享受咖啡的香味。一星期最少一次到電影院，隨便看看什麼樣的電影，只要走進那道厚重的門，我便可以到達不同的時代、遊歷不同的地方、幻化成不同的人物。我很喜歡這種短暫的抽離感，就算是一瞬間也好，這可能跟愛作白日夢有很大的關係吧。

為了賺取零用錢，我從中學便開始當家教。當上大學生以後，家教的薪水增多了，我儲起額外的零用錢，開始實現夢想——旅遊。我成了一個背包客，以體驗生活的形式，到世界不同的地方遊歷。最初是搭乘火車到中國的不同城市，然後搭乘飛機到鄰近的國家，後來距離越走越遠，時間越走越長。

在大學畢業前的最後一個暑假，我送給自己一份畢業禮物——到歐洲去流浪。我束著一頭長髮，蓄著一臉鬍子，背著二十公斤重的大背包，穿過歐洲的大街小巷，放浪形骸地生活了兩個多月的時間。沒有既定的行程，沒有充裕的旅費，睡過車站、公園和碼頭。這段旅程雖然艱苦，但追著自己的夢想，心裡總是快樂的。當這次漫長的旅行走到盡頭，我的大學生涯也隨之結束了。

畢業後，我從事了自己從來沒有預期過的職業。紀律部隊算是薪水與待遇都很不錯的一份工作，不但穩定，且退休後也有保障。可是從一開始，我便感到自己跟這個地方格格不入，就像在夜行動物館裡看到一頭大象一樣，有一種說不出的突兀感。可能是欠缺了思想的服從性，也可能是適應不了機械式的紀律文化，我不喜歡也不討厭我的工作，只是有一份不屬於這裡的疏離感。

縱然如此，我在工作上還算有不錯的表現，在晉升考試中亦取得了十分優異的成績，比一般人提早晉升為高級人員。不但如此，在投資市場上也賺到了豐厚回報，事事一帆風順，生活品質得到莫大的改善。我的人生終於步入了黃金時期。

我開始追尋更多的夢想，到各地旅遊，認識與接觸形形色色的文化藝術。我學習各樣有趣的東西，冬天到各地的高山滑雪，夏天到不同的海洋潛水。就在一年前，我實現了最後的夢想——駕著滑翔機飛上天際，穿越厚厚的白雲，觸摸無盡無邊的蔚藍天空，如鷹展翅遨翔。我徹底的自由了。

我把所有的夢想，在三十歲以前努力的完成了。所以，在剛過完三十歲生日時，我並沒有許下任何願望，因為我感到人生已經滿足了。

我從回憶的片段回過神來，走入更深處。在這裡，剛剛所見到的銀幕和畫面不見了，存在的就只有思想與意識；記憶不再單純以影像顯現，而是以更深的象徵意義表達著。我停在那裡，思考著人生的最後一個問題。

「離開」是第一個閃進來的念頭。離開是因為人生的所有夢想已經達成，是因為人生沒有任何遺憾。在人生最高峰和最滿足的時刻離去，留給自己和別人最耀眼的光芒，這不是很好嗎？生命不應該在乎時間的長短，最重要的是有沒有好好活過，點亮自己也照亮身邊的人。我一直都是這樣想的……

當我再一次經歷了三十年的歲月，正準備帶著滿足的心選擇離開；突然，我感到一陣莫名的空虛與心痛：本來滿載的心此刻出現了一個微細的破口，鮮紅的血液從心臟慢慢流出，空洞的感覺迅速擴大。不消一陣子，我半邊心臟的血液已經流乾殆盡，無盡的空虛與悲傷掏空了我的心。

原來，我已經沒有夢想了，生命裡已經再沒有讓我依戀不捨的東西，我不需要任何人，也沒有任何人需要我。原來，我是多麼的孤單與空虛，這感覺就像一個從來沒有真正活過的人，不曾存在於這個世界上。我的心一點也不自由，三十年來只一直跟空虛在賽跑，以製造夢想來逃避人生的空白。

原來，夢想達成不如依然有夢。

這是我有生以來第一次，同一時間有著兩個極端的感受——滿足與缺失，快樂與哀傷。此刻，我的心一半是飽滿鮮紅的，盛載著夢想與自由；但另一半卻是空洞漆黑的，飄零著虛空與迷惘。就像在訴說**人生裡的所有東西，都是一體兩面矛盾的並存著。**

「這是死前的審判嗎？像在計算一生的對與錯、善與惡嗎？」我不知道這是什麼地方，更不知道該如何作出人生最後的選擇。離開，是因為夢想達成；留下，是因為我沒有真正活過。我不知道該如何回答這最後一道問題……

「沒有所謂最後的審判，這裡也不存在你說的對與錯、善與惡，這些東西只存在於虛幻的相對性世界裡。這裡是一個真實的絕對性世界，所有東西只以本質存在著。」

「不存在事物的外表、只有本質的真實世界。」我重複祂的意思。

「若選擇離開，你必須把最後的一口氣息呼出來，朝光源的方面走去；若要留下來，你便緊閉雙唇，讓那一口氣息保留在你的身體裡，背著光源返回你的身體。」

我看見躺在飛機殘骸中的軀體，口中還留著最後一口氣，只是我不知道應該把那氣息吐出還是保留。我整個人陷入矛盾的思想與感受，時間在我旁邊擦身流過，但我只愣在那裡做不了最後的決定。

「看來你還沒有準備好回答人生最後的問題。你的智慧和視野還沒有被完全開啟，你的心還被封印著。這是你的問題，必須由你親自作答。既然這樣，只好等你真正能夠作出選擇的時候再來。」

「我會再一次地選擇嗎？」我問。

「只要你能找到回來這裡的路。」祂最後是這樣說的。

我眼前的景象開始轉變，時間之流在我眼前消失，光海迅速消退瓦解，而我也一樣，開始慢慢的溶化。

當再次意識過來時，我已經不再飄浮於天空中，那溫暖寧靜的光海也不見了。我的身體動彈不得地困在破爛的飛機殘骸中，口裡的最後一口氣息被吸進了肺部。

這時，我感到的就只有劇烈無比的痛楚。我回到了原來的世界。

第二章／回家

有時候，醫生們也是靠病人的奇蹟，來支撐著他們的信念。

痛楚是回到這個現實世界的感覺。也許就像許多人說的，人生充滿了各式各樣的痛苦，痛苦提醒我們仍然活在這個世界上。

救援人員開始從四面八方趕過來，他們一直在喊叫著，救護車的聲音像四重奏一樣，此起彼落，只要細細聆聽，還可以發現當中隱藏的節奏，抑揚頓挫、高低起伏。

「不用擔心，我們很快便會把你救出來，你一定要撐住。」有聲音在耳邊對我說。有人在檢查我的頸動脈，固定我的脖子，注射了一些不知名的液體到我的血管裡，可是，我的痛楚並沒有一絲減輕。

「沒辦法救他出來，他的腳被卡住了，控制桿被撞得扭曲變形，把他的腳掌卡死在腳踏板上，快去拿大剪和電鋸……」「先固定右邊的機身，用那根白色的大木柱，快把木柱抬過來……」

大約花了三十分鐘的時間，消防隊終於把我從殘骸中救出來了，我迷迷糊糊地躺在救護車裡。救護人員為我做各式各樣的檢查，小心翼翼的記錄著。

「意外是怎麼發生的？昏迷了多久？」救護人員這樣問著。

「飛機是在剛起飛時發生意外的，在大約一百多米的高空失控墜落在跑道外不遠處的草地上。我們從控制塔趕過來起計算，傷者大約昏迷了十分鐘左右的時間吧！」有人在我旁邊回答。

十分鐘。在這十分鐘的時間裡，我經歷了過去三十年的歲月。

當我被推進醫院大門的時候，我隱約看見七、八位穿著白袍的醫生站在那裡，他們聽了救護人員詳細報告後，開始分工為我做各樣的診斷。我像實驗品一樣被送進不同的醫療儀器檢驗，各種頻率的聲音在我耳邊響起，奇怪的燈光不停地在我身上遊走。

然後，一位醫生以沉重的聲音對我說：「先生，你聽得到我說話嗎？我要跟你說明你受傷的情況。」我向醫生眨了眨眼睛，表示我能聽見。

「你從差不多五、六十層樓的高度摔下來沒死，已經算是我看過最大的奇蹟了。你的腦部雖然受到輕微的腦震盪，應該不會對你造成嚴重的傷害，但是可能對你的記憶有短暫影響。你右前臂的複合性骨折，由於傷口外露的關係，我們要先把碎骨清理，徹底的消毒再以鋼板幫你固定復原。你的左膝由於抵禦強大的後衝力，後十字韌帶與內外側韌帶都徹底斷裂了，只差一點，整支小腿就會飛脫出來。我們可以透過外科手術，從你身體抽取部分組織幫你重建這些破損的韌帶。身上其他大大小小的外傷，我們都可以幫你縫合，只是……」主治醫生突然停了下來，像要宣布什麼一樣。

他吞了一下口水，喉嚨間發出了令人不安的聲響，繼續說：「只是，你的右腳，我們無能為力了。」

我凝視著他的眼睛，尋找他話中的意思。他以難過的表情對我說：「複合性骨折徹底的破壞了整個右足踝關節，除了軟組織與筋腱的斷裂外，輸送血液的血管也被徹底破壞了。即使勉強把骨頭用鋼釘連接起來，沒有血液的輸送，整個右腳腳掌終究會壞死的。所以很抱歉，我們必須把你的右腳腳掌連同足踝切除。」

雖然醫生所說的每一個字我都懂，但是把那些字組合起來後，我一時間無法解讀出他所傳達的訊息。我說不出話，眼淚安靜地流了下來。不只是我，身邊的朋友也默默地在流淚，整個病房出奇的寂靜。

「因為你是清醒的，所以我們需要你的同意，才能進行手術。」主治醫生在等著我的回答。

「我不同意。」這是我所說的第一句話。

「這樣，你可能會組織感染而有生命危險的。」

「那就不用救我，讓我離開吧，反正我已經到過那裡了。」我平靜的說著。沒有人明白我說的意思，全都愣在那裡。這時，嗶嗶的聲響從我身旁的儀器不斷發出，我的意識開始模糊。

「醫生，傷者血壓不斷下降，需要立刻急救……」這是我最後聽到的聲音。

不是讓我回到原來的世界，要我重新選擇一次嗎？為什麼會是這樣？我開始後悔為什麼沒有選擇跟著光源離開。雖然當時做不了決定，但是我現在清楚的知道，變成殘廢是我絕對不會做出的選擇。

我的內在意識又慢慢地消失了，再次醒來已是三天以後的事。

我張開眼睛，發現自己躺在一個陌生的房間，身旁放著許多監控生命指標的儀器，身上插滿了各樣的導管。維持生命的營養液透過導管直接輸進血液裡去，根本不需要進食和消化。高濃度的氧氣從面罩裡源源不絕的送到口鼻，血液的含氧量維持在穩定的水平。就連身體裡的排泄物，也是直接經導管輸送到體外的容器，上洗手間的麻煩也全省掉了。

我嘗試挪動我的身體，可是完全使不上力氣，四肢被緊緊包紮得一動也不能動。身體到處都是殘留的痛楚，於是我放棄了。我安靜的躺在病床上，看著天花板上旋轉的電風扇，走過一圈又一圈。

這時，一位中年女護士走過來。「你醒來了，你不可以亂動身體，我立刻去叫醫生。」

「先生，你記得你是誰嗎？你記得發生什麼事嗎？」醫生對我說。

我輕輕的點頭，表示我知道。

「你真是幸運！從這麼高的天空摔下來，居然還能奇蹟生還，真是難以置信。我們替你做了詳細檢查，十分慶幸的是你的腦部與內臟都沒有受到重大損傷，但四肢有不同程度的複合性骨折與筋鍵斷裂，以這傷勢來說，你比任何人都幸運。

「我知道你現在一定非常的痛，而這痛可能會維持好一段時間。你手上有個小型握鈕，只要輕按一下，嗎啡便會從點滴瓶直接注射到你的血液裡。這種止痛劑雖然能有效止痛，但實際也是一種毒品，過度依賴使用會讓你上癮，所以可以的話，盡可能不要倚賴它。好好的休息，你的生命力比任何人都強，一定會很快復原的！」

醫生在臨走前，仔細的檢查我所有的傷口，還開玩笑似地搔了我的腳底板數下，問我癢不癢。我沒力氣地點了點頭。

我對救援的過程只有大概的印象，許多細節也記不起來。就像拼圖的中央，有幾個小塊散落了，記憶無法順利地連接。醫生說，這是常見的腦震盪後遺症，只屬於短暫性的。

在這之後的數天，醫生和護士早晚都來替我檢查傷口，他們都非常用心照顧我。唯一奇怪的是，所有醫護人員都很喜歡在我的腳底板上搔癢。就連探病的朋友們，也都這樣跟我鬧著玩。

有一次，我終於忍不住詢問其中一個朋友，為什麼要這麼做。

「你忘記了所發生的事嗎？你的右腳啊！」

「我的右腳怎麼了？我知道整個足踝散掉了。」

「你的右腳本來要切除的。」整個病房突然變得一片沉默。

「切除我的右腳？」我木然地重複著。

「你腳踝的血管都斷裂了，醫生本來是要動手術替你切除的，只是你寧死也不願意手術，後來你就這樣昏過去了！」朋友說。

「最後，醫生尊重你的意願，只好硬是用鋼釘把整個足踝關節接回去。但是如果血液沒有順利流通，一星期以內組織還是會慢慢壞死，到時候只得手術切除右腳腳掌。今天剛好是第七天。」

原來醫生與護士每天的搔癢是在做知覺與溫度的檢查，根本就不是跟我鬧著玩。可是，那段記憶的線路不知道哪裡斷了，我一點印象也沒有。

就在這個時候，醫生進來了。他仔細的檢查我的右腳，我的心臟不受控制，劇烈的跳動著，手心一直在冒汗。

「真是奇蹟！你的腳跟與腳掌完全沒有壞死的跡象，血液好像不知從什麼神祕的管道運送過去了。你的生命力，算是我見過的病人中最強的。雖然你的生命跟你的腳是保住了，但接下來的康復，恐怕比你想像的要艱苦得多，而且將不是短短幾個月的時間。我希望你可以克服過來，再一次展現生命的奇蹟。**有時候，醫生們也是**

靠這些病人的奇蹟，支撐著我們的信念。」醫生寄予著無限的支持。

雖然度過了最危險的時期，但正如醫生所說，這不過是一個開始。

我並沒有把我受傷的意外告訴家人，因為不想讓他們擔心，也許等身體狀況穩定後再說吧。我一直不習慣也不懂得讓別人與我一起面對難關，但是這一天，我意外地打了一通電話給哥哥，在電話裡我只簡單解釋，我在紐西蘭摔倒受了點皮外傷，會在當地多留幾天休息。

在第八天，身體開始出現一些狀況。我開始發高燒，傷口太多了，根本找不到感染的源頭。痛楚加上高燒，我整個人很快就虛脫了。醫生開始替我輸血，把強力的抗生素注射進我體內，瞬間整個加護病房變得緊張起來。在朦朧間，我看見了哥哥。

那時候，哥哥本來是在澳洲唸書，他接到我的電話後心裡感到非常不安，之後也沒辦法跟我聯絡上。他在互聯網上到處查詢，結果看到這樣的一則新聞：「一個香港青年在紐西蘭駕駛滑翔機時，發生罕見意外。飛機在一百多米的高空失控墜落，青年奇蹟生還，但身體多處骨折情況嚴重。中國領事館人員前往探望，還嘉許中國人有摔不死的精神……」

可能是兄弟間的感應吧，即使沒有附上名字，哥哥還是清楚知道我發生了意外，當天他便趕緊從澳洲飛過來。

那天晚上，我隱約看見哥哥站在我身旁，他在默默地哭泣。「我是來帶你回家的。」朦朧間我彷彿聽到哥哥這樣跟我說。

往後的幾天，雖然仍有高燒，可是感染的情況漸漸好轉，血液報告也逐漸回復正常。哥哥每天都在照顧我，晚上就睡在病房的椅子上。他每天都買來我喜歡的食物，可是我完全沒有食慾，已經超過十天沒有進食了。我跟他說，我不需要任何食物，我想要的就只有嗎啡而已。但他還是堅持為我準備三餐，不管是漢堡牛排或是粥粉麵飯……只要我願意吃就可以了。

在第十二天的晚上，哥哥從唐人街那裡買了一些乾麵條回來。「這種中國麵條非常好吃，很難得可以在國外買到，口感爽滑，你一定喜歡的。」

哥哥把電磁爐拿出來，放在我床下，開始燒水。由於病房設有火警偵測器，他只好蹲在地上，躲躲藏藏地一面搧走蒸氣，一面煮麵。從我躺著的地方，我可以看見一絲絲水蒸氣從床下飄上來。過了不久，哥哥把麵端到我面前。

我看著那碗麵，不敢正眼看著哥哥一眼，心裡突然湧起一陣陣的酸楚。那種心痛比身上的傷口還要難受，不管按下多少次止痛劑的鈕，還是無法抑制那種感覺！我終於張開口，把麵條全部吃了進去。

然後，我對哥哥說：「我們回家吧。」

第三章／輪椅上的世界

我不需要奇蹟，也不用創造奇蹟，我只需要相信生命。

從那晚開始進食以後，我的身體恢復速度明顯加快，再沒有出現感染發燒或其他不穩定的狀況。終於在一個月後，我的身體狀況達到了乘機的要求，隔天便能與哥哥啟程回香港了。

離開前，我逐一向曾經照顧我的醫護人員道謝，還開玩笑說，康復以後要來好好探望他們。

我乘著救護車直接從醫院到達機場，經特別的通道登上航機。在一名醫護人員的陪同下，十二小時的航程總算順利撐過了，哥哥也如釋重負地說：「我們終於回到家了。」

救護車早就在停機坪等候，我像稀有動物般被小心移送到醫院去，甫到醫院便進行了各式各樣的檢查，最後被安頓到加護病房裡觀察。

接著要做的就是，如何把我的意外告訴父母親，這恐怕是最難面對的一關。哥哥離開醫院時，已經是凌晨一時多了，才剛鬆了一口氣，又要帶著沉重的心情回家見父母。他佇立在家門口良久，看著門鈴，怎麼樣也按不下這一聲叮咚。

第二天醒來時，我已看到家人站在病床旁邊。我曾經多次在腦海裡模擬跟父母見面時的各種情況，有痛心的責備，有默默的飲泣，有抱頭的安慰，只是沒有想過會是如此的冷靜平和。他們什麼也沒說，媽媽安靜地在為我準備營養的食物，爸爸低著頭替我預備日常用品。好像對他們來說，這是早已預料的事，現在只是再一次確認罷了。

回到香港便開始了我漫長的復健過程，正如醫生之前所說，我的康復比想像的要艱苦得多。（當我再次能用雙腳走路的時候，已是一年後的事了。）

復健的第一個月，我開始作儀器輔助治療。由於長期臥床的關係，我身上的肌肉迅速的萎縮，一個一八〇公分高的大男人，現在只有一百三十磅重，雙腿的肌肉消失了，只剩下皮包骨。那時候，我才深深體會到長期臥床的痛苦，生活中的每一項小事都得靠別人幫忙才能完成，自己活像是一個無用的廢人，那種無助與無力的感覺每天都在蠶食我的意志。

又一個月過去了，我的傷勢並沒有明顯的改善，醫生告訴我一個壞消息。「你最新的檢查報告出來了，核磁共振與電腦掃描同時顯示，你的腳踝關節有骨枯的現象，關節完全看不到血液流通的跡象。我們相信是因為當時的創傷骨折，把骨頭裡的血管都扭斷了。」醫生像在做新聞播報似的，不帶一絲感情地向我宣讀這則消息。

「可是在紐西蘭時，醫生曾對我說過，我的右腳奇蹟的保住了，怎麼現在骨頭又忽然枯死？」我難以接受地質問。

「是沒錯，你的腳掌是保住了，可是我說的是連接腿骨和腳掌的關節，那時候醫生只是用特製鋼釘把斷裂的骨頭強行接合，但裡面撕裂的血管是無法以手術接合的。在醫學文獻上，像你這樣的複合性骨折，有百分之九十九的病人會發生你現在的狀況。」醫生像回答試題一般準確說明。

「那有什麼藥物或手術可以治療嗎？」我問。

「對不起，我們沒有什麼治療可以做的，即使施行手術把血管植入骨頭裡，所承受的風險非常高，成功率也是十分低。也許唯一可以做的，就是等待腳踝的骨頭枯死塌陷以後，再把腿骨和腳掌骨接合，但你日後可能無法正常走路。」

「沒有可做的治療，只得等待骨頭慢慢枯死！」我重複著他的話。

醫生點點頭，「也許會有奇蹟，那百分之一的例外。」

往後的檢查報告，基本上只是重複這個無藥可醫的訊息，我更收到了一張殘疾人士的證明，上面寫著「肢體傷殘」，有效期至永久。

不久，我便離開了醫院，回到家裡休養。我開始了輪椅上的人生，不再仰賴雙腿行走的人生。

不如意的事並沒有因此而結束，反而只是厄運的開始。之前在投資市場賺到的豐厚金錢，被一個錯誤的決定吞沒殆盡，龐大的醫療開支更為我造成沉重的生活負擔。我在紀律部隊的前途，也因這一次受傷而劃上句號，我變成了一個各部門都不願收容的傷殘冗員。就連交往三年多的女朋友，也在我人生最失意的時候離我而去。我從意外前的人生高峰突然墜入意外後的幽暗低谷裡，我所擁有的一切、我所有的成就都消失了。

現在的我，是真正的一無所有。但面對這人生的巨大逆轉，我並沒有輕言放棄。相反，我選擇以更積極的態度、更高昂的鬥志迎接這命運的挑戰。從小到大，我從未依賴任何人，也沒有受過任何特別的照顧與幫助。我所擁有的一切，都是靠自己的雙手努力爭取的，所以，我有信心一定可以再次復得失去的東西。至少，我是這樣相信的。

我開始了密集的復康計畫，每星期到醫院做至少三次物理治療，透過不同的儀器進行紅外線、電磁波、脈沖短波等復健項目。為了增加受傷關節的活動幅度，我特別請復健師替我進行高強度的手法治療，以外加的壓力強行伸展僵直的關節。這種治療伴隨了極大的痛楚，不是每位病人都願意採用這種極端手法。老實說，我非常害怕這種治療，感覺就如接受酷刑一樣，汗水與淚水都在這短短的數分鐘不停湧出，周遭的病人也都跟著沉重起來。

儘管如此，我還是一次又一次的求復健師替我進行這種治療，只是每次的復健，除了極大的痛楚外，並沒有帶給我任何顯著的改善。

除物理治療外，我每天也為自己編排了有系統的肌肉強化與伸展訓練，從週一到週日不曾間斷。同時間，我也接受不同的中草藥與針灸治療，只要是能改善傷勢的方法，我都願意嘗試。

可是一個月又一個月下來，我的情況依舊沒變，還是每天只能依靠大量的止痛藥度過，我的身體遠遠追不上我的鬥志。最後，我的身體終究支撐不住，徹底的倒下了。

由於過度激進的緣故，身體各部分的肌肉出現了不同程度的拉傷及勞損。有一天醒來時，我發現身體幾乎動彈不得，就連呼吸也感到痛楚。醫生說必須暫停所有的復康練習，靜待體力復原。我被迫再一次地躺在病床上，什麼也做不了。

我開始懷疑自己所堅持的信念，信心也逐漸動搖。看到飛過窗外的鳥兒自由來去，我感到一份莫名的諷刺。為什麼是我？對於自己的遭遇，我感到憤怒不平；對於自己的無能為力，我變得沮喪悲哀。一次又一次地，為了一些瑣碎小事對家人發脾氣；摔破東西的同時，也撕裂了彼此的心。我真希望能安靜地死去，免得自己與所愛的人同受煎熬。

面對這人生的巨大轉變、高低起落，我曾經積極對抗，也曾消極逃避。在這段自我放棄的日子裡，我慢慢地將視線從自己身上移開，不再想著該如何跟命運較勁，不再以自己為軸心轉動生命，因為所謂的自我形象已經消失褪色，與我的距離越來越遠。

我不再是自我世界的中心了。

在這之後，我沒有繼續進行密集性的復康計畫，只維持著基本的復健治療。但說也奇怪，**當我把自己從自我的中心抽離以後，卻感到了一份從前沒有的輕鬆，我不再與命運為敵。**

換一個高度去看世界，以平常心面對無常的生命；我選擇與命運和諧共存。

我嘗試回歸正常的生活，到咖啡館看書聽音樂，到電影院看電影，黃昏時也會到公園閒坐。差別只在於從前用走的，現在則是坐輪椅。我沒有快樂也沒有不快樂，只盡量保持在一種平靜的心情。

回復平靜以後，我慢慢地看到了不一樣的世界。我看到了這個世界的節奏：風的節奏、雲的節奏、河流與大地的節奏。

從前的生活，總是把行程編排得密密麻麻，每一刻都在跟時間競賽，被忙碌的生活追趕。每天趕著工作、趕著學習、趕著玩樂，就連吃飯與休息都在趕著。直到坐在輪椅上才發現，原來我沒有認真的看過這個世界，認真的經歷當下的每一件事，不論是瑣碎小事或是重要大事。雖然輪椅上的世界，視野高度只有正常人的一半，能看到的範圍也比從前狹小，可是我卻看得比從前更清楚，看得比從前更真實。

我很喜歡坐在公園裡，望著大城市裡僅有的花草樹木。風舞葉動、花開花落、雲來雲去、日出日落，好像萬事萬物都有它的生活節奏和作息規律。我曾經攀越高山、潛入深海、航上天際，我曾是那麼的接近自然，可是我卻沒有真正的看過自然。從未想過，當我坐在這個不屑一顧的公園時，我卻看到了自然的一切。**原來只要用心看，處處都是自然美景，根本不用走遍天涯海角。**

我開始喜歡這個輪椅上的世界。

坐在輪椅上，我看見萬物的和諧，聽見天地的共鳴；但同一時間，我也察覺這個世界存在的分歧與失調，這一切都是來自於「人」。當我在公園看到人出現時，便感覺到這種不協調的存在，好像只有人類無法跟自然和諧共容。這種失調，我並沒有在貓、狗、鳥、魚等小動物身上發現，小孩子和老人家也算相對輕微；當天真爛漫的孩童在玩耍時，或是順天知命的長者在漫步時，我所看見的畫面都是調和的。但當換上其他類型的人時，整個構圖便突兀起來，就像在熱帶雨林裡出現一棟辦公大樓般。

我發現，人類隨著年紀的增長，失調度亦隨之增加，其中有幾個比較大的明顯跳躍階段，分別是幼稚園、升學考試和工作時期，然後一直增加到退休為止。退休之後，人與世界間的協調性反而開始回升。

我不希望自己變成一個無法跟世界共鳴的人，所以我開始認真的生活、認真的做每一件事。吃飯時認真吃飯，看書時認真看書，睡覺時認真睡覺，盡興歡笑，盡情哭泣。我反而活得比從前輕鬆，比從前快樂。

原來，換一個角度看事物，只能看到事物不同的面向；只有換一個高度看，才能看清事物的本質，因為本質隱藏在讓人迷惑的表象之下。我們長大長高了，所以看不清眼前底下的世界。

我開始懂得與大自然溝通，也許應該說，我開始理解它們所用的語言。**當你用心對待自然，你便懂得解讀它們給你的訊息。**

那天下午，當我如往常的坐在公園時，我看到了一些奇怪的景象，應該是說，從普通的景象中看到了一些奇怪的訊息。公園裡有一片綠油油的草地，之前不知道為何燒焦了一小塊。那一小塊焦土，今天卻長出了一株翠綠的嫩芽來，形狀就像一隻小鳥，我深深地被這景象所吸引著。

然後在一棵樹上，我看到了一個蟲蛹，大約有三公分，倒掛在一片葉子下面。它逐漸裂開，一隻顏色繽紛的蝴蝶從裡面飛了出來。我這個城市人還是第一次親眼看到這景象，真是有些不可思議！

在我離開公園時，我的輪椅差點輾過一隻昆蟲，我連忙把輪子煞住。彎身一看，原來不是昆蟲，而是一隻蟬蛻下的殼。

這些雖然是自然界常見的景象，但當中卻有著什麼連繫，好像要對我表達著什麼似的。我閉上眼睛，深深吸了一口氣，嘗試理解箇中的意思。**只要用心去看，不要被它們的外表迷惑，一切都存在著象徵意義。**我嘗試將它們合併起來，找出相通的特質，拆解後再重新組合，那代表的會是什麼……

我看到火，一隻展開雙翅的鳥破焰而出。

那是一隻火鳳凰。

「我明白了。」我對大自然說。

我不需要奇蹟，也不用創造奇蹟，我只需要相信生命，我將會活過來，再一次用雙腿走路。這就是我解讀到的訊息：重生。

那天晚上，我在思考如何讓自己康復。我相信**所有事物都不是偶然發生的，當中一定隱藏著某些原因，關鍵在於我們能否看見。**我已經學會了我需要明白的事，在輪椅上看見了真實的世界，明白了生活的節奏，以及如何用心去解讀自然的訊息。我已經不需要在輪椅上才能看清這世界了，現在是該離開的時候。

過了不久，我彷彿睡著了。我沿著一條昏暗的通道，走到一扇大門前，大門並沒有鎖著，門縫透出一線光。我推門進去，赫然發現門內有人，是我自己。那裡不只一個我，而有很多的我。每個我都以不同的形象同時存在著：一個是肌肉發達、孔武有力的我，他雙眼充滿憤怒，緊握著雙拳；另一個是瘦弱的我，年紀大約只有七、八歲，他的身體不停的顫抖，瑟縮在房間的一角；其中的一個我戴著眼鏡，手上拿著厚厚的書本，像是一個明哲的學者；然後我看見一個叼著香菸的嘻皮，拿著酒杯，露出輕挑的笑容；旁邊的我是個頭戴假髮、手中拿著天秤計算審判的法官；還有一個穿著蓬裙在跳芭蕾的女生，她居然也長得和我一模一樣。還有更多更多的我在那裡。

而我只是「我們」其中的一個，我開始分不清楚哪個是原來的我，哪一個才是真正的我。剛才進來的門已經消失了，我彷彿被困在那裡。我感到有點害怕，分不清這是什麼空間，怎樣才可以離開。

這時，有一位老人向我走來，他的眼神充滿智慧，面容安詳平靜。我一時也不知道該如稱呼這年老的自己，就暫稱他為智慧老人吧。

「你可以幫我離開這裡嗎？」我問智慧老人。

「這裡是你的世界，你既沒有進來更不可能離開，因為你不存在於你以外的世界。」智慧老人回答說。

「那我是誰？哪一個才是真正的我？我跟他們有什麼分別？」我問。

「你是他們，他們也是你，我也是你。」智慧老人回答。

我一時什麼話也說不上來，只是一臉的茫然。

智慧老人說：「雖然你離不開你的世界，但是你可以離開這個空間，只要你能回答我的問題。」

「什麼樣的問題？」

「在你此刻的生命中，失去什麼是你最不能承受的？只要你能找出答案，我可以幫你回到原來的地方。」

「此刻生命中最不能承受的？」我思索著。

我最不能失去的是什麼？愛情？親人？健康？還是財富？這全部都非常重要，可是卻不是我此刻所不能承受的。我從我所擁有的東西逐一思量，還是找不到答案。

突然間，我看見答案了。

「失去夢想是我最不能承受的。」我回答。

我只檢視我希望擁有的，卻忘了查看我已經失去的。此刻，我真正需要的是重拾夢想，我不能承受沒有夢想的生活。

「我們會再見面。記著我們活在同一個世界，我就是你，你就是我，有需要的時候，你會找到我的。」智慧老人這樣說。

然後那扇大門突然出現了，我回頭看著許許多多的我，向那裡的我道別。離開前，智慧老人特別送了二句話給我，解答了我心中的疑問。

「把我捨棄才有我，個個是我不是我。」我想我懂這話的意思了。

沿著通道回去後，我發現自己躺在床上，在我真實的房間裡。

因為這次的經驗，我想到了康復的方法，但在這之前，我必須先找一個人。

第四章／太陽雨

除了本身的自癒能力外，大自然同樣蘊藏了無限的能量。

已經好幾天了，我還是沒有成功找到他。這個地方遠比我想像的大，裡面的通道錯縱複雜，簡直就像迷宮一樣。

這天晚上，我來到了一棟白色大樓，大樓裡傳來陣陣的消毒藥水味道，我熟悉的醫院氣味。大樓的門是開著的，但接待處一個人也沒有。我沿著唯一的通道走到走廊的盡頭，那裡就只有一扇白色的門，我確認門牌上寫著的名字，然後敲門進去。

他果然在那裡。

他的年齡跟我相仿，穿著整齊潔白的長袍，駕著一幅黑框眼鏡，坐在一張寬大的寫字檯後面。他沒有抬頭看我，只專注的翻看桌上厚厚的醫療紀錄，身後的燈箱還映照著一幅幅病人骨骼的 X 光照片。

「怎麼這麼晚才來？我在這裡等你很久了。」治療師對我說。

「我花了好些時間才找到這裡，需要我把我的情況詳細報告給你聽嗎？」我問治療師。

「不用了。這些都是你的醫療紀錄，我詳細研究過你右腳的傷勢，我比你或是其他人都要清楚你的狀況。」他以肯定的語氣回答。

「那你有方法可以把我的腳治好嗎？」我緊張的問。

治療師終於抬起頭看著我。他長得跟我一模一樣。看到相同的臉孔在盯著自己瞧，我竟然有點不習慣的感覺。

「在這裡，我能做的可能有限，但能否痊癒的關鍵不在我，那得看你自己。」

「所以除了自身的痊癒能力以外，我還需要別的什麼嗎？」

「我回答不了你這個問題，你得自己尋找答案。雖然人有強大的自癒能力，但那還是有極限的。以你現在的身體狀況，你的能量還不足以完全修補你身體的傷患，你需要身體以外的力量。但這是往後的事，我們還是談談現在我們可以做的治療吧。」

然後，他告訴我一個意想不到的治療方法。「這一部分是最重要的，你要留心聽清楚，我們將要進入一個你未曾到達的空間，深入你的潛意識底層裡，只有在那裡，我們才可以做二度的催眠治療。」治療師一臉嚴肅的說。

他把我引到一張長椅上，讓我躺下。

「二度催眠？我們不是已經在催眠狀態中了嗎？」我大感不解。

「沒錯，雖然你現在已經在你的潛意識裡，但是要做這治療，我們得下到更深層次的潛意識裡。」

在大學修讀心理系時，我對人類的潛意識產生了濃厚的興趣。心理學家佛洛伊德認為意識不過是冰山一角，**真正掌控我們思想行為的，是蘊藏了無限資源與智慧的**

潛意識，如潛藏在海平面下的巨大冰層。那裡寫下了我們依賴的信念與根本的價值觀，記錄了所有的記憶與情感，所有真正的改變都是在那裡發生。

為了進一步理解潛意識，我迷上了催眠技術，以催眠的方法替人做心理治療，直接地改變問題的根源。後來，我專注研究潛意識與深層記憶的關係，以催眠技巧進行記憶回溯，這也是我碩士論文的研究題目。

上一次，我無意間闖進了一個未曾到過的潛意識層，在那裡看見了不同的我。遇見智慧老人後，讓我想到蘊藏在潛意識裡的無限資源與智慧，只要能啟動生命裡強大的自我療癒能量，我便可以像那火鳳凰一樣，重生。

於是我開始作自我催眠治療。我刻意把意識的一小部分保留下來，充當現實生活中的催眠師角色，把我整個人帶進潛意識裡，尋找我的治療師，那象徵自癒能力的我。

在這過程中我碰到了不少困難，反覆試驗不知多少遍，才找到箇中的要領。若意識的部分保留太多，整個人維持在清醒的狀態，便難以深入潛意識層裡。若保留太少，容易掉進睡眠的狀態，便無法有效充當催眠師的導入角色。經過多次嘗試以後，我終於找到那個平衡點，那不多不少的意識空間。沒想到從前所學的潛意識催眠技巧，如今竟為我的康復帶來最後一線曙光。

好不容易才找到了我的治療師，但想不到他要我做的竟是二度催眠，在催眠狀態中進行另一次深度催眠，進入更深層的潛意識空間裡。

「有可能嗎？」我懷疑的問。

「沒有什麼是不可能的，只是你知道的太少了。只有進入那潛意識的底層裡，你才可以開啟生命的能量，治癒能力的的奧祕都埋藏在那裡。」治療師回答。

「那我需要做什麼？」

「我將會變成你在這一層的意識，潛意識中的意識，然後引導你進入那更深的潛意識底層，在那裡你將會變成另一個我，一個擁有更強大療癒力量的治療師。」他解釋著。

「現在輕輕閉上眼睛，放慢你的呼吸，深而長的呼吸。想像你正躺在一個既安全又舒服的環境，可以安心的放鬆身體，完全放鬆。溫暖的環境，讓你肌肉鬆弛，每一次的呼吸讓你更加放鬆。你的頭、脖子、雙肩放鬆，放鬆的感覺一直往下，沿著你的雙手、你的脊椎，經過你的雙腿、雙膝，到達腳掌、腳趾，完全的放鬆、放鬆、放鬆……

「當身體放鬆以後，把精神集中在你的眉心間，所有的專注力與精神都集中在那第三眼中，你將會從那裡到達更深更深的世界。感覺就像在坐電梯一樣，慢慢的下沉。十。九。八。七。六。慢慢地下到更深的地方。當我數到一的時候，電梯便會到達潛意識的底層，我們要進行治療的地方。五。四。三。二。一。電梯停下，門慢慢打開。」

我被眼前的景象嚇了一跳，我正站在一片乾涸的大地上。整片土地都呈現乾裂的痕跡，像被大火燒過一樣，有的道路被怪石堵住了，另有幾個地方出現了像地震後遺留下來的坑洞。那裡並沒有生命的氣息。

難道這裡就是我的腳踝?!

我再也聽不到治療師的聲音，我正穿著他白色的袍子，我已經變成了他。我要做的工作便是重新灌溉這片乾涸的大地，努力把這片荒土變成適合耕種的肥沃土地。

我首先仔細的檢視了這一帶，認真的踩在每一吋土地上，了解它的需要，傾聽它的訊息。我在大地的四周找到一些零星的水源，我嘗試開鑿水道，把外圍的水源引進。我鋪設了大大小小的管道，把水導入更寬廣的區域。然後，我開始清理阻塞的石塊，填補凹陷的坑洞，讓水可以自由流淌，滋潤大地。

這就是我每次到來的工作。與其說是一個治療師，倒不如說像一個農夫更貼切。

自從開始進行二度催眠的治療後，我的腳傷出現了奇蹟一樣的改善。從前日日夜夜陪伴我的疼痛開始減退，我不再依賴如毒癮般的止痛劑。在第六個月，我的復健治療已經可以在泳池進行了。當然我不是真的在水裡暢泳，只是借助水的浮力作踢腳運動而已。這讓我想起以前的我，背著氧氣筒、穿著潛水衣，在深海裡跟魚兒追逐的時光，那一段自以為「所有東西都是必然」的美好日子。

現在的我可以撐著兩支拐杖走路了。因為韌帶斷裂，我的左膝被牢牢的固定在支架上，不能隨便伸展及彎曲。右足踝因為複合性骨折而不能承受任何重量，所以只好懸空吊著。而右前臂也因骨折而釘上接合鋼板，不能負重用力。這都讓我在走路上受到莫大的限制，因此走起來活像一個跛腳的機器人，以蹣跚的步伐一拐一拐的定向漫步。雖然我每天就只能走那一點點的路，但我還是日日期待著這段步行的時光。

大概過了一個月的時間，大地出現了明顯的變化。基本上，水道已經清通，乾涸的情況也得到了改善。但這還不足夠，還不是適合農作物生長的地方。

在第七個月，我的右腳終於可以著地，能夠用雙腳走路的感覺真的太奇妙了。我康復的速度，讓醫生也大感驚訝。或許應該說，有點不可思議。當然，我沒有提及二度催眠或自癒重生的力量，只回答說：「我們都在努力創造奇蹟。」

我的康復真的是漫長的煎熬，當到達了極限時，不管怎麼努力，就是跨不過那條看不見的界線，不能多行一步。我已經盡了自身最大的力量，現在的我雖然能一跛一跛的走，但距離完全康復還有一段看不見的路程。

就如治療師之前所說，我的力量是有極限的，大地好像還需要些「什麼」，而這個「什麼」並不是我能力所及的。

「你已經做得很好了！**我不是說過，人是有極限的嗎？你已經盡最大的力量灌溉這片本來已經枯竭的大地，可是要徹底痊癒，你還需要外在能量。**」我與他在第一層潛意識的醫療室討論著病情。

「那外在的能量是指什麼？」我問。

「你得靠自己去尋找答案。比喻來說，大地不是單靠人的灌溉就足夠的，而是需要天上的雨水潤澤萬物。」

「像雨一樣的東西。」這是治療師最後給我的提示。

當我還在苦惱如何找尋外在能量時，一個熱心的朋友對我說：「我認識一位高人，他之前患了嚴重的脊髓病變，每天只能躺在床上，但後來學會了一套失傳的氣功療法，經過兩年的練習以後，竟然可以再次走路，並且完全康復了。要不要試試找這位高人幫忙？」

說真的，這種奇人異事的傳聞，受傷後我也聽過不少，但大部分都是斂財騙人的江湖術士，所以聽到朋友這樣說，我一直沒有放在心上。但沒想到在一個週日的早晨，那位朋友突然來電說：「高人現正在附近的山上修練氣功，若現在趕到山上去，也許可以找到他為你提供治療的意見。」

時鐘正指著六時三十分，不忍辜負朋友的好意，我只得起身出發。朋友熱心地將車開到山上的一座小樹林停下，我們沿著小路走到一處靠近懸崖的地方。我看見一個穿著唐裝的中年男子，聞風不動的站在崖上。中年男子並沒有理會我們的到來。大約過了十五分鐘後，他向我們走過來。友人表明來意後，那男子請朋友先回車上等候。

「嚴格來說，這不是什麼門派的氣功療法，我只是借助大自然的能量為我修補受損的身體。當你能與大自然連結，大地之母的能量便能透過連接的軌道，傳送到你的身體，為你提供治療的能量，因為宇宙萬物本來就是一體的。」中年男子說。

「身體以外的能量！」我說。

「若想要學會這種與大自然連結溝通的方法，你必須先通過考驗，得到太陽的允許，因為它是所有能量的根源。」

此刻，太陽正猛烈的照射大地，可是中年男子卻把眼睛睜得大大的看著太陽。然後他要我跟他一樣望向太陽。我試圖把眼睛張開，可是陽光太猛烈了，眼睛只感到一陣陣刺痛，淚水不斷地湧出。我想，那是不可能的，他可能只是找個藉口來故意為難我吧。可是他真的正視著太陽，臉上不但沒有一絲痛苦，表情更像是認真地在跟太陽對話一樣。

我閉上眼睛深呼吸，集中精神，嘗試感受著大地的氣息，我也要跟太陽對話。就在這時，我聽到內心的聲音，那是智慧老人的聲音。他提醒我，我的潛意識世界裡有著無限的資源。

在潛意識的倉庫裡，我努力的尋找，找到了一副太陽眼鏡。

我把太陽眼鏡架在臉上，慢慢地張開眼睛，我望見了太陽，一個炙紅的火球掛在半空。這是我首次正視太陽，我看到了它表面上的奇異斑點，如火焰般燃燒的亮光。陽光雖然熾熱，但萬物正享受著那溫暖的能量，不論是飛禽走獸或是花草樹木，都一一浸淫在它照射的光裡，當中還有我也是一樣。

「既然你通過了考驗，獲得了太陽的允許。我現在教你與大地之母連結的方法。」中年男子把目光轉向我。

中年男子叫我把鞋脫掉，光著雙腳站在綠油油的草地上。我依照他的指示，擺出獨特的手勢，感覺像接收訊號的天線一樣；然後，我跟著他複誦一些不明的語言，想像著身體與大地連接融為一體。

我聽到了大地的呼吸，我把呼吸也跟著同步調整。我感到了大地的溫暖，與我的體溫互相融合。

然後奇怪的事情發生了。我的雙腿彷彿長出一些像根一樣的東西，從大腿開始，一直伸延到小腿到達腳掌。那東西並沒有因此而停下來，繼續從我的腳底慢慢鑽進草地裡，穿過泥層，跨過沙石，一直深入大地的身體裡。我彷彿變成了跟大地之母連繫著。不只是我，其他的一花一草、一樹一木也正跟大地之母連繫著。

「我需要雨水。」我跟大地之母說。

這時，晴朗的天空下起太陽雨來。豆大的雨點閃爍著金色的光芒，打在我的身上，流進腳下的土地。我透過根把土裡的水分吸收到體內，我跟大地都徹底的被灌溉了。

從那一刻起我明白，**除了本身的自癒能力外，大自然同樣蘊藏了無限的能量**。我將兩者結合，完全治癒了我的右腳和其他的傷殘。

這場意外在我身上留下了十道傷疤，一道一道，開啟十個新生的夢想。

第五章／埋藏的寶藏

不看事物的外表，當下看清事物的本質。

今天是我三十一歲生日，我沒有打算慶祝，雖然大家都說這是我死裡逃生後的第一個生日，一定要大肆熱鬧一番，但我覺得我真正的生日應該是失事重生的那一天才對。儘管如此，我還是為自己準備了一個生日蛋糕，一個沒有任何裝飾的奶油蛋糕，沒有水果，沒有巧克力片，只是單純的奶油蛋糕。

我從雪茄的匣子裡找到了十根長長的火柴，一根一根的劃下，看著那火焰慢慢地燃燒，照亮整個陽台。每劃一根火柴的同時，我便許下一個願望。當黑色的火柴頭擦過那個粗糙的沙礫面時，摩擦過的高溫燃點出一個耀眼的小火球，伴隨著濃濃的硫磺氣味與一縷白色的輕煙。讓我想到在無盡的宇宙裡發生的大爆炸，整個世界從黑暗因而誕生。當火柴燃燒的剎時，我看見時間之流浮現在火焰裡，一直到火焰完全熄滅為止。那劃下的十根火柴代表我意外之後的人生的十個新願望，印記在我身體的傷疤上。

我的第一個願望是可以再次自由自在的行走。完全痊癒的那天，我第一個想走去的是不起眼的小公園，在那裡我發現了世界真實的面目，不是美麗的一面，也不是醜陋的一面，而是接近本質的那一面。

我的第一個願望在生日後一個星期便實現了。到了小公園，我把鞋子脫掉，雙腳踏在草地上，感覺有點不太真實。也許陌生的感覺不是來自雙腳，而是來自再一次的活著。有什麼東西在我身體裡改變了，也讓外面的世界變得不一樣了。

我可以靠自己的雙腿走路了，開始回到原來正常上下班的生活。在回復上班的第七天，我看到了一個兆象。

當時我沿著河堤正走路回家，看到一群魚兒在岸邊覓食，我好奇走近，魚兒感覺有人靠近，便立即四散游走了。但其中有一條魚留在那裡，我赫然發現，那是一條沒有尾巴的魚。那條無尾魚拼命的游著，但不論牠再怎麼努力，始終停留在原地，牠已經回不了家了。

當我走到公園時，又看到了另一個兆象。我看見天上一隻老鷹在我上空不停來回盤旋飛翔，它的飛行動作讓我想起駕著滑翔機時的情境。突然間，老鷹像看到獵物般俯衝過來，但那俯衝彷如飛機失去動力一樣，以螺旋形式迅速向下墜落。在快要接近地面時，老鷹急速剎停在一根白色的電線桿上。牠站在那裡一動不動，以奇異的眼神望著我。

我知道這是自然界傳遞訊息的語言，老鷹跟無尾魚正在向我發出某種重要的訊息。

在輪椅上的世界，無意間我發現了大自然的溝通方式：以**兆象的形式傳達訊息，只要靜下來，用心去看、用心去聽，每個人都能解讀箇中的含意。**這是一種天賦的才能，我們內心與大自然連繫的獨特方法。

老鷹與無尾魚的象徵意義，把意義解構後重新組合，我得到的訊息是：回到掉下來的地方，在那裡，我遺下了生命中重要的東西。

到底是什麼樣的重要東西？是靈魂嗎？但我的靈魂正與我的軀體牢牢地結合著，完全沒有任何空洞的感覺。但我相信只要跟從兆象的指示，我將會在那裡找回我遺失的東西。

兩個星期以後，我出發到紐西蘭，那是十一月的第一個星期天，一個陽光燦爛的週日。我提著簡單的行李，叫了部計程車到機場去。司機是一個其貌不揚的五十多歲中年男子，頭已經禿了大半，就只剩下耳朵後兩側的一小撮毛髮。右邊的耳朵上卡著一根沒有點燃的香菸，不時把香菸叼在嘴裡吸了兩口，又把香菸放回耳上。收音機在播放著韋瓦第的四季交響曲，剛好描述秋季的樂章，是這交響曲中最精采的部分。秋天到來，農作物成熟了，飽滿的麥子成了地上的黃金。農民們彎著身軀，辛勤的收割。在那個年代，沒有所謂的收割機，靠的只是農民的鐮刀與汗水，讓我想起米勒的拾穗。「這四季交響曲寫得真棒，特別是這秋季的部分。」計程車司機突然對我說。

我從沒碰過喜歡古典樂的計程車司機，對他能說出樂曲的名字，倒讓我有點驚訝。

「你會到有大片農田的國家嗎？我第一次看到大片的農田，大約是十年前的事了。」司機瞇著眼睛，彷彿回想著十年前的光景，忽略了前面的路面狀況，好像那回憶比駕駛車子更為重要。

「會看到大片的農田，但不知道會不會看到農夫。」

「那你覺得一個農夫需要多少的田地才足夠呢？」司機問著奇怪的問題，然後再深深的吸一口他沒點燃的香菸。

那次意外後，我總是遇著一些奇怪的人和事，像這個愛聽四季交響曲的計程車司機，感覺我所處的世界在某部分真的改變了。他這麼一問，讓我想到一個故事：

有一個貴族擁有視線也看不完的土地。一天，他站在自己的田地上，看著其中一個農奴辛勤的工作。他把農奴叫到跟前說：「為了獎勵你的勤勞，我要賜予你一片農田。從現在這裡開始，你所走過的每一寸土地都是屬於你的，但唯一的條件是必須在日落以前，回到現在這裡來。」

農奴聽到以後，便拼命地向著前方奔去，他到了好遠好遠的地方才折返回來，在太陽落下的前一刻剛好趕回原點，他得到了他所能及的最大一片土地。可是，他因過度疲憊倒下了。臨死之前，他忽然才明白到，他目前所需要的土地，只是他現在躺著的那一小塊而已。

「能容納他身子的那塊土地。」我回答計程車司機。

「不需要更多的計程車，就只要這一輛。」

「希望這次旅遊，能找到你所需要的一片土地。」計程車司機對我說。

我們再也沒有任何的交談，只靜靜聆聽四季交響曲，在寒冬的樂章完結之前，我下車了。

我辦好登機手續，懷著尋寶的心情上了飛機。經過十小時的航程，我終於再一次踏足這個國家。我提著行李步出機場，Vivian 興奮地跟我揮手。Vivian 是我在這裡認識的好朋友，十多年前她從台灣的家獨個兒跑到紐西蘭之後，在世界的另一端開設自己的服飾店，是一個獨立自主的女性。我受傷的那段期間，多虧了她的照顧。

「沒想到能那麼快與你見面，你的精神好像比一年前還好呢！」Vivian 擁抱著我說。

「我也沒想到這麼快就可以見面，我的康復比預期中的理想，現在已經可以自由的走路了。」

「說的也是，你的右腳可以自由走路了，好像一點也看不出受傷的樣子。我和朋友們已經約好今天晚上要大肆慶祝一番，因為今天是你的生日。」

今天是我的另一個生日。一年前的今天剛好是意外發生的日子，二〇〇四年十一月九日，是我重要的日子，或是我另一個人生的開始。

「這次到來，我要找回一些東西。可以先送我去一個地方嗎？」我對 Vivian 說。

「你總是古古怪怪的，這點倒沒改變。你要我送你到哪裡都行。」

「我想回去飛行俱樂部那裡，希望能找到飛機墜落的地點。」

「墜機的地點？」Vivian 像確認似的問著。

「對，墜機的地點。」我肯定的回答。

「為什麼非要到那個地方不可，事情不是已經完結了嗎？我想到那個地方就覺得恐怖呢！」

「沒關係，我只是想到那兒試圖找一些東西。」

「好吧！但聽說那次意外以後，整個俱樂部關閉了好一段日子，不知道現在情況如何。」

Vivian 開著車，沿著一號公路，駛過一片一望無際的草原，到達俱樂部。我曾經在這上空盤旋飛行過不知多少遍，對這裡的環境非常熟悉。在哪個點要保持多少的飛行高度，哪裡是最佳的切入角，哪處是最佳的降落點，我都記得一清二楚，那些鳥瞰圖與座標都深深地刻在我的記憶裡。

我走進俱樂部，可是那兒一個人也沒有。在依稀的記憶裡，我是在不遠處的一片樹林墜落的，離跑道大概是十多分鐘的路程，於是我朝著起飛的方向走去。我拿出當時報紙的新聞照片，對照出大概的背景。從背景的對照，我想就應該是在附近。走出跑道後，我越過了一條小路，跨過人家的庭園，然後看見一片叢林。那叢林座落在山坡的不遠處，翠綠的灌木零星生長著。我心裡想，就是在這叢林墜落的，可是哪裡才是墜落點呢？每一處地方看起來都跟照片差不多。

我已經聽從祢的呼喚到這裡來，請祢給我一些指引吧！

叢林依舊寂靜，只有樹葉被風吹發出的聲音。天空是那麼的蔚藍，幾隻老鷹在天空盤旋飛行，享受著溫暖的陽光。這時，一隻小鳥不知從哪裡飛來，停在我面前的樹梢上，發出吱吱的叫聲。我緊跟在後面，在一處略寬的草地上，小鳥飛降下來稍事停留，然後牠飛走了，就像來的時候。

我環顧四周的環境，突然看見一根白色的木柱，隱約被埋在草叢的一角。我翻開草叢仔細檢視木柱，這根白色木柱就是當時用來撐起飛機殘骸的支架，跟新聞圖片上的大小和形狀一模一樣，上面還遺留些乾涸的血漬。

真不敢相信！我真的回到墜落的地方，心底有種說不出的奇妙感覺。我看著碧藍的天空，撫摸著柔軟的青草，感動的落下淚來。我跪在草地上，感謝宇宙與大地對我的幫助，感謝她們讓我重新認識這個世界。我閉著眼睛，側耳傾聽她們的對話。雖然我不懂得說她們的語言，但我卻明白她們互相傳遞的訊息，就像她們把我引導到這裡來一樣。

我躺在草地上，忽然想起那時的問題，那留下或離開的選擇。直到這一刻，我還是不知如何回答。就在當時，我感覺到有個突起的東西碰觸到我的掌心。我抬起右手，撥開覆蓋在地上的草，看見一小塊金屬尖角埋在那兒。我找來一根樹枝，小心翼翼地把泥土挖開，像在尋寶一樣。我驚訝的發現，埋在那裡的竟然是我的太陽眼鏡，那副我帶著飛行的太陽眼鏡！

我把太陽眼鏡小心的從泥土裡拿出來，其中一邊的鏡腳撞的有點扭曲變形；但其他的部分還保存的完整無缺，鏡片也只是刮花了少許。我把黏在上面的泥土小心清理掉，重新擦亮，把鏡腳調回原來的形狀，然後再一次戴上它。雖然我沒有想過，我從地球的另一端來到這裡，找到的寶藏竟然是自己的太陽眼鏡，感覺像是上天在跟我開玩笑一樣。

當我帶上這副太陽眼鏡時，不可思議的事情發生了。

我看到了不一樣的世界，應該怎麼形容呢？周圍的事物以一種不同的型態呈現在我眼前。如：天上的雲，不只是白雲，而是代表著天地間的循環。雲裡有雨水、有河流、有被滋養的萬物。

我被這景象嚇呆了，這時，瀕臨死亡時所聽到的聲音再度出現。那聲音對我說：

「See things as they are, not they were.（不看事物的外表，當下看清事物的本質。）」

說完以後，眼前的景象回到來時的面貌。

我摘下太陽眼鏡，徹底的檢查一次，其中找不到有任何不尋常的地方。但我可以確定一點，剛才見到的絕對不是我的幻想。從老鷹與無尾魚的兆象，叫我到這裡來尋回留下的東西，藉由小鳥的指引與白木柱的定位，我找到墜機的正確地點。在那片土地之下，我尋回了遺失的太陽眼鏡，透過太陽眼鏡看見自然萬物的本質。然後再一次聽到祂的聲音，那是祂給我的寶藏。我衷心說了謝謝，一陣清風吹過，像禮貌的對我回應一樣。

我興奮地拿著太陽眼鏡走出叢林，看見 Vivian 已經等到睡著了。

「怎麼了？找到了嗎？」Vivian 被我的腳步聲吵醒了。

「找到了!!」我舉起太陽眼鏡向 Vivian 揮動。

「太陽眼鏡??」Vivian 眼睛瞪得大大的，以驚訝的表情看著我。

「對！我的寶藏。」我笑著說。

「我以為寶藏都是一些金銀珠寶，或是股票債券之類的東西。」「你是怎麼找到的？」Vivian 邊笑邊說。

「說來話長。」然後我把整件事情的發生經過告訴 Vivian。

「啊！你真是一個怪人，總是碰上奇怪的事。」Vivian 以不可思議的眼光看著我。

「你的寶藏到底是什麼意思？」

「一種心境和視野。我們都習慣帶著有色眼鏡看這個世界，只見到事物的表面，卻沒有看清事物本質與關係。」我解釋著。

「可以比喻說明嗎？」

我望向遠方的山丘與河流，「看山是山，看水是水；看山是水，看水是山；看山有水，看水有山。」

「好了好了，不要再看山水了，再看的話，我要把紅燈看成綠燈了。」Vivian 說。

沒想到這次尋找寶藏的旅程這麼順利，沒有經歷冒險故事般的驚險與困難；雖然不知道這寶藏對我以後的人生將有著什麼樣的影響，但我相信這是上天給我的生日禮物。

那天晚上，我與一班紐西蘭的朋友，到達當地的一個葡萄莊園舉行派對。大家對於我的康復與重生都感到十分高興，我們一面吃著美味的食物，一面品嚐莊園自家釀造的葡萄酒。

由於位於南半球的關係，這裡剛好進入初夏，晚春溫暖滋潤的空氣漂浮在葡萄園裡。我拿著酒杯走進葡萄園，遙想杯中紅色液體如何從這土地孕育出來。要讓葡萄釀成美酒，一年最少要給予一千五百小時的陽光，同時必須配合適度的溫差與三百毫米的雨水，這需要老天的配合；另一方面，土壤必須提供足夠的養分與礦物質，使葡萄樹能健康地成長，這是大地的恩賜；最後是人對農作物的照料，還有釀酒師的功力。藉這天、地、人的合作，芳醇佳釀於焉而生，這亦是我喜歡葡萄酒的主要原因。

我旋動著酒杯，深深嗅了杯中的香氣，淺嚐了一口，讓葡萄酒遊走在口中，珍惜地飲下，喉嚨隱約感受到一絲沁涼。這是 Marlborough 區出色的 Sauvignon Blanc 白葡萄酒，酒色是淡淡的黃青色，散發著百香果與酪梨的香味，當中還夾雜了青蘋果與青草的清香。酸度強而有活力，酒精結構豐厚結實，充滿熱帶水果的香甜，在口腔裡留下青檸檬的後味。整體平衡與和諧，卻能激起熱情與憧憬。

「為什麼躲在這裡發呆？大家都在裡面喝得興高采烈呢。」Vivian 忽然走到我後面。

「只想看看葡萄田而已。」我回答。

「剛才有許下什麼生日願望嗎？」Vivian 問。

「之前已經許過了，還一口氣許了十個之多。第一個願望已經實現了，就是能再次自由自在的行走。」我把雙腳踏在田地裡，再一次確認那觸感。

「恭喜你！那其餘的九個夢想呢？」Vivian 問。

「我會逐一實現，其中一個夢想是拿到專業品酒師的資格。我很喜歡葡萄酒，它包含著天、地、人的努力與合作。」

「祝福你！乾杯!!」Vivian 回答。

就這樣，我度過了第一個重生的生日，找回了遺失的寶藏。就在離開酒莊的路上，我看見了另一個兆象。

第六章／星月之矢

找回原來的生活節奏，回到活著的當下。

派對結束後，我乘著 Vivian 的敞篷跑車，回到鎮上唯一的旅館，此刻正播放著貝多芬的 C 小調第五號交響曲。這是貝多芬得知他聽覺沒有任何治癒希望時所寫的，同一時間，他的戀人亦因為身分背景懸殊而離開他，這一切使他墜入失望的深淵。面對命運的作弄，貝多芬沒有選擇放棄，他奮力的搏鬥，拒絕臣服於命運之神下。樂章以命運的敲門聲作為開端，全曲意志高昂，悲壯震撼。

命運交響曲劃破寂靜的紐西蘭夜空，這樂曲讓我跌進了回憶，一個人孤獨地面對無盡的絕望與恐懼。這是第一次，我沒有像少年氣盛時的我，跟命運奮鬥到底。我既沒有屈服也沒有反抗，我選擇了傾聽命運的敲門之聲。

從前的我總愛向命運挑戰，拒絕接受宿命。我相信以自己的能力與努力，能跟命運一較長短，即使輸了，也對自己勇於爭取感到無悔。在貧乏的先天環境下，我對自己達到的成就感到滿足，可是這次意外卻不一樣。

「在想什麼？」Vivian 忽然問著。

「剛才喝的那一瓶一九七二年法國 Haut Brion 的紅酒。Haut Brion 是波爾多頂級的五大酒莊之一，他的紅酒一直被視為藝術般的神之水滴。」

「我知道，可是我感到有點失望。雖然酒的香氣聞起來澎拜醇厚，但是口感上卻是褪色的光榮，像失去創作靈感的音樂家一樣。我聽說那一年波爾多的氣候特別地冷，大多的葡萄都在沒有完全成熟的狀況下被採收，所以釀出來的酒，品質都是差強人意。」

「你說的一點也沒錯，但是我卻看到不一樣的東西。雖然受到命運之神的作弄，那一年的葡萄得不到上天的眷顧，可是人卻沒有因此放棄，相反為了彌補先天的不足，人發揮了更大的潛力與努力。當然，先天的影響無法磨滅，但是人的部分演繹得精采。我不認為那是人跟大自然或命運搏鬥的成果，我反而感到那是人和宇宙和諧共處、互補不足。」命運交響曲在一邊應和著。

「就像我需要這次意外發生一樣。在我失去身體上難以彌補的東西時，心靈上卻獲得了無可取代的頓悟。」

我想貝多芬可能也是這樣想的，為了彌補聽覺上的殘障，活出了更精采的人生，創造出更美妙的音樂，這不是一種與生命的戰鬥。當再一次聽到這激昂的命運交響曲時，我意外地感到生命的和諧。

美妙的音樂迴盪在安靜的夜裡，我抬頭仰望，很久沒有看過如此清澈的星空了。我被天上的月亮所吸引，她以一種奇妙的姿態呈現在夜空中。今天是農曆的十月初八，月亮只露出了左邊的弦，那弧狀的光環，彎曲的曲線相當大。兩顆閃亮的星星橫向連成線地並排在月弦的凹底處，整體看起來簡直像一支發光的箭頭。

「有看見天上的月亮嗎？」我問 Vivian。

「啊！今天的月亮很特別，配上一閃一閃的星星非常可愛啊！我想到了，是這一季的 Channel 新推出以月亮與星星為主題的耳環。怎麼啦，你又看到奇怪的東西嗎？」

我微笑不語，對我來說，星月之矢是祂給我的另一個兆象。這次的尋寶之行，我走上了尋找靈魂的旅程。**看清事物的本質，是旅程的開始，而非終站。**對我來說，星月之矢是祂給我的一個應許：當我開啟視野，祂必然會指引我方向，引導我找到我的靈魂。

現在的我，像滿一歲的小孩。我重新學會了走路，也再次建立了像是生理結構上健全的視覺系統。在活過三十年的歲月以後，以重生的姿態，在一個既熟悉但又陌生的新世界裡度過第一個生日。

在過往的三年，每次來到這個國家，都只是接受密集的飛行訓練，一個又一個的飛行考試，卻從來都沒有認真的看過這國家。所以，這一次，我決定以一個單純遊客的心態，重新認識這美麗的小島。

Vivian 開設的服飾店，因為經濟不景氣的關係，在前一個月關閉了，這是我昨天晚上才知道的事。雖然她不算一個樂觀的人，但面對人生的高低起伏卻表現得出奇的冷靜，我只記得她淡淡的說了一句「C'est la vie（按：法文「這就是人生！」之意），我們都是這樣過來的。」

這一個星期裡，Vivian 當了我的嚮導，我們開車從北到南環島一圈，造訪了幾個有名的酒莊，遊歷了當地最大的湖泊，參觀了毛利人的村落與世界最大的螢火蟲洞，但最令我最難忘的還是那迷人的海岸，讓人打從心底裡的感動。我已經忘了上一次欣賞這樣美麗的大自然景色是什麼時候。

一星期的旅程很快便結束，在機場的離境大堂裡，我擁著 Vivian 深深的向她道謝。

「下次見面，不知道是什麼時候了，好好保重。」Vivian 說。

「一定會再見的，因為這裡是開始。旅程的終點不知道在哪裡，但總會回來原來的地方，就像回家一樣。」

「總是說些奇怪的話，讓人摸不著頭緒。如你所說，記得回家就好了。」Vivian 的話，讓我想到那次意外，出門前母親對我說過同樣的話。

「謝謝，保重。」

在飛機上，我做了一個奇怪的夢。在夢中我回到十歲的我，個子矮小瘦削、有點營養不良的我。當時罰站在小學操場的演講台上，整個台上就只有我一個人。

戴著黑色膠框的訓導主任，拿著膠尺站在演講台旁，平常那膠尺是用來體罰學生的。但今天那白色的膠尺在他手裡發出異樣的光芒，感覺像是巫師手中的魔術仗一樣，只要一揮便可將任何東西變成南瓜。但是訓導主任並沒有把任何學生變成南瓜，他只是用那膠尺指揮著台下的學生，把他們分派進不同的區域。在每一個區域前都有一個標籤，標籤上寫著的不是年級班別或是社團學會，而是不同的工作職業，寫著醫生、律師、商人、教師、會計師等不同的工作。每一個學生都按照名單分配到所屬的工作單位，就只有我獨個兒的被遺留在那裡。當全校的學生都被分派完畢後，訓導主任轉向我，他托了一下眼鏡，不耐煩地對我說：「你真是一個麻煩的小孩，學業成績不怎麼樣，運動潛能也不突出，不只一天到晚惹麻煩，連分配工作也讓我頭痛。」

我就像等候判刑的囚犯一樣，站在刑台上，等待應有審判的結果，全校的老師與學生對我投以好奇的眼光。

「你所屬的工作不在我的分配名單內，你現在可以隨便選擇一個單位，或是一個人留在這兒。」

我從演講台上走下來，嘗試擠進不同的組別裡，可是每次都被裡面的人阻擋或驅趕，最後我只好再一次回到演講台上。

「我早就說過，你不屬於他們的任何一個單位，你勉強擠進去，也不會被接受的，就像猩猩跑進猴群裡，因為你根本不屬於他們。

「這裡才是你所屬之處，你現在所站著的地方。你被賦予的工作是向大家說故事，因為你是說故事的人。」訓導主任以期待聽故事的眼光望著我。

我的工作是說故事，我是說故事的人。

然後，我站在演講台上開始說起故事來，我記不起在說什麼樣的故事，只看到所有的師生都陶醉地聽著。我一個接著一個故事不停的說，直到放學的鐘聲悠悠地響起為止。

當醒來的時候，飛機正在廣播抵達香港機場，要所有的乘客做好降落的準備。這個夢境徘徊在腦海裡，強烈暗示著什麼似的，但我怎麼樣也弄不清當中跟我的關連性。

回來以後，我第一件做的事，便是到大學的研究所進行博士班申請。我花了整整一個月的時間編寫研究計畫書，研究的主題是人類的記憶回溯。重返校園是我十個夢想中的其中一個，我必須再一次經歷學生時代的生活，全新選擇我所屬的地方，就如同夢中所見的景象。

二〇〇六年，新一年的開始，醫生對於我身體的恢復速度感到驚訝，能於短短一年時間再次走路更是不可思議，但最讓他們百思不得其解的，應該是醫學上臨床與病理的重大衝突矛盾。雖然臨床表現上我與正常人無異，但在病理檢測裡，我的腳骨呈現無可挽救的結構枯死現象。

我依舊每星期規律性地到醫院，進行物理治療，每兩個月做定期外科檢查，積極的配合著醫生，進行著連自己都不相信的「可能痊癒」復康計畫。只是每一次會面，醫生都是皺著眉頭向我宣讀同樣的報告。

「你受傷的地方，既沒有血液的流動，也沒有再生的跡象，嚴格來說，就像沒有生命或是枯槁的木頭。你應該感到無比的痛楚，以及行動上極大的不便與困難。可是那枯木正以別的方式存活著，以血液以外的管道得到所需的營養。那是醫學上不能解釋的現象。

「雖然醫學報告上，你仍然是一名永久殘廢人士，但我選擇相信醫學以外的可能性。」醫生並沒有對科學抱有懷疑，只是他相信科學以外，存在著更多未知的東西，就好比外星人一樣。

其實，我打從心底清楚知道，我確實已經痊癒了。我的踝骨透過特殊的管道，得到自然的滋養而存活康復。當然，我並沒有對醫生說出二次催眠與大地之母的事。

可是一致負面的醫療報告，最後也為我帶來工作上的重大轉變。我被歸類為身體傷殘員工，被免除所有機動性的工作任務，改調專責屍體的死因調查。也許管理層認為死人既不能逃跑或反抗，也不會對調查人員構成危險性的攻擊，算是紀律部隊裡最安全的類別吧。

對於突如其來的工作調配，我並沒有什麼異議，因為像我這種身體傷殘的人，在這裡是非常不受歡迎的，畢竟這裡要的是強悍健壯、而不是行動不良的員工。

我很快地適應了新的工作，更奇怪的是，我對於死因調查有著莫名的知覺，不知道從何開始，我對於死亡已經沒有所謂的恐懼，相反地更有著一種熟悉的親切感。可能是因為那瀕臨或曾經死亡的經歷，讓我對它有了新的認識與體會。我想**死亡對於大部分的人來說，是一種可怕的失去，或充滿未知的痛苦與恐懼，但對我來說是一種生的領悟：只有接受與明白死亡，才能理解生的存在與意義。**

在調查過程中，我碰過不少的死人，遇過各式各樣的死法：遇害的、自殺的、意外的、生病的。有些人堅決地尋死，有些人堅決地在與死神對抗，有些人根本不知道死亡已經降臨。

生命是無常的，人在當中只能掌握很少的部分。在人類所不能掌控的領域裡，我深深看到人的無力與無助感。但是在大自然的世界裡，雖然萬物也如人類一樣地無法掌控死亡，但我卻不曾看過它們對死亡感到無力與無助，相反的，死亡就像它們生命的一部分。這是我在工作崗位上，感受到人與大自然的其中一個差異：**人類雖然能創造比大自然更優越的生活環境與條件，但是大自然中的萬物卻活得比我們自在。**

我與死亡的特別連繫，是在調查屍體時發現的。由於大部分的死者不是自殺便是喪生於突如其來的意外，在這些死於非命的屍體上，都殘留著一種怨念，或說是所謂負面能量。當怨念太深時，調查人員都會受到影響，有時甚至出現嘔吐或暈眩的徵狀。我看見那殘留漂浮在屍體上的怨念，呈現綠色的死亡氣息；它並不會被風所吹散，是一種執著的氣：意外者執著於生，自殺者執著於死。這讓我想到墜機時所遇到的選擇，那離開與留下的選擇。

我發現要消除這種怨氣，最有效的方式是：以大自然對萬物的包容與寬恕，跟死者的靈魂對話，讓他們回歸到大地母親的愛裡。當死者的靈魂願意放棄那執著時，身上的怨氣便慢慢地瓦解消散為不同的成分：黃色的氣回到大地，黑色的氣回到河流，紅色的氣回到太陽，最後白色的氣回到天空。當四種氣都瓦解之後，透明的靈便回到無盡的宇宙空間去。我除了調查死因之外，還會處理這些執著的靈魂。

二〇〇六年五月，夏天還未到來的時候，我再一次重返校園修讀心理學的博士課程。雖然我是在職生，但對於再次當上學生，我有說不出的興奮。還記得十二年前，當我第一天踏進這所大學，也是帶著同樣興奮的心情，感覺像是再一次實現了對校園生活的憧憬。

回想起以前上課的時候，不是在課堂上打瞌睡，便是常翹課到電影院或咖啡店，印象中就只有畢業前的一年較認真唸書。沒想到現在年紀大了，才想認認真真地上課，這與其說是對知識的追求，倒不如說是彌補過去的錯失。可惜由於工作的關係，我實際能待在學校的時間非常有限，就算是那些必修課程，我亦只有三分之二的出席率，一面讀書一面工作，好像比我想像的困難，對於我的遲到與缺課，教授與同學們已經習以為常。

二〇〇七年一月，下學期開課的第一天，我看看手錶，時針指著二時十五分，我喘著氣急步走往八號教室，以不讓人察覺的力道輕輕地推開教室的門，屏著氣不發出任何的腳步聲，悄悄坐在門旁的最後一排座位上。那邊坐了一個女生，她好像是博士班的同學，我曾經在某個課堂上看過她，但怎麼也想不起她的名字。

她非常纖瘦，身材高挑，高度幾乎跟我差不多，即使坐著也讓人看得見的高度。她的五官與輪廓雖然標緻，與其說是女人的嬌媚，倒不如說像是俊美的少年。她身上散發著一股英氣，一頭短髮，穿著淺色的毛衣上衣與迷你短裙，露出一雙非常修長的腿。

她以不標準的廣東話對我說：「第一堂課趕來上，辛苦了。」

「剛剛發生了一宗罕見的海上事故，一名船員墜進海裡失蹤了，被尋獲時已經完全沒有呼吸，但是他的一條腿不見了，膝蓋以下的地方被整齊的切斷，現在還在調查中。」

「你們的海港像是漂亮的糖衣。」她回應道。

在課堂差不多要下課的時候，教授要求我們把所有筆記書本收好，然後每人發了一份隨堂測驗的試題。說真的，心理學一直是我所歸屬的領域，輕鬆自在悠遊其中，一直保持著優異的成績。可是這門統計學科，就像是我不曾到過的荒蕪沙漠，行走在熱燙的沙子裡，以蹣跚的步伐漫無方向的前進著。

我望著那份試卷，一題一題的往下看，找不到可以下筆的地方。當我正在發呆的時候，身旁的女生將答案移到靠近我的一側。

「不要被抓到啊。」她輕輕的聲音像是對自己說的。

雖然我不算是一個誠實的學生，但考試作弊好像已是小學時代的事了，為什麼作弊已經記不起來，可能也是同樣的害怕留級也說不定，畢竟人生的際遇總是以不同形式重複著的。

下課後，為了向身旁的女生道謝，我特意邀請她到大學對面的一所茶館喝茶。這是一所我十分喜愛的喫茶店，店內的裝潢以傳統中國宅院為主調，配以沉實雅緻的木材傢俱，塑造出一份典雅古樸的味道。牆邊的木架子上擺放了各種燒水泡茶的器具，最吸引我注意的是那些不同質料形狀的茶壺，有紫砂、陶泥、白瓷和岩礦壺等，有如一個小型的茶藝博物館一樣。

我們選了靠窗戶旁的一張桌子坐下，陽光透過窗旁的竹籬隱約地照射進來，像身處於竹林間的清新感覺。

「自從離開家以後，已經很久沒有好好泡茶了。今天讓我來好嗎？」

「沒想到妳也喜歡泡茶，交給妳了。」

她從木架子上挑選了茶具，有條不紊地排列在桌子上。服務生小心的把紅磚炭爐端來，裡面的木炭已經燒得透徹通紅，從爐的四周也可感到一陣溫暖。她把水輕注進玻璃水壺內，放在炭爐上烹煮。

「帶有輕微酸度與豐富礦物質的山泉水，最適合用來泡茶，可以有效帶出茶的活性。」她看著壺裡的水說。

「就如陸羽在《茶經》所說：器為茶之父，水為茶之母。水孕育著茶的生命。」我也很喜歡燒水的過程，傾聽著煮水的聲音，欣賞著冒出來的水蒸氣和聚結成球的小氣泡，幻想著天上的雲如何變成壺裡的水。

在等待煮水的時候，她把泡茶的器具逐一擺放在茶盤上。盤的上方放著一個紫砂茶隔，左方是一個玻璃茶海，而右方則是一個青花白瓷蓋碗，恰巧排列成了品茶的品字模樣。下方的茶荷上放了她特別挑選的茶葉，翠綠清香。

她在蓋碗內注入煮沸的水，以俐落的手法從逆時針方向澆上一圈，將蓋子輕輕蓋上，透過茶隔把沸水倒進茶海裡。然後她把茶海的水均勻地倒進二人的茶杯，輕搖茶夾，讓沸水在杯裡旋動一圈倒掉，以純熟的手法完成了整個清洗溫具的過程。

接著，她把茶荷中的茶葉放進蓋碗，以熟練的手法將沸水傾注碗內，水的分量剛好是蓋碗的七分。蜷曲的茶葉迅速伸展開來，釋放出蜜綠湯色與迷人香氣。

此刻，我們都靜下心來，誠心誠意的等待著茶葉從睡夢中甦醒，再一次展現出它原來的美，那陽光與大地的精華都在這十多秒間盡數綻放。

她沖茶的手法靈巧優雅，倒茶時沉壺提手，動作暢順自然。纖長的手指微微彎曲上揚，在光影的映照下呈現優美的神韻。蜜綠的茶湯從碗的邊緣輕瀉流出，清揚芬芳的茶香緲緲飄起。水出以後，碗內殘存的茶湯隨她高低起伏的手部動作，點點灑落，輕柔地滴下。我沉醉地欣賞著她舞動般的泡茶手法。

「妳泡茶的動作十分優美，讓我回想起曾經見過的一個景象。」我讚賞地說。

「什麼樣的景象？」她問。

「我曾經看過一隻火鳳凰。剛才我像看見那隻鳳凰對著我點頭微笑。」

「鳳凰三點頭，敬你這位朋友。」她笑著說。

我用心地品嚐杯中的茶。這茶帶有清純甘甜的花香，香氣久久不散。喝下去時，口感順滑厚重，喉韻甘醇，回甘韻味尤其悠長，是同時具備色、香、味的好茶。這茶就像一位婷婷玉立的美女，帶有高挑的身形與甜美的笑容。豐富的果膠質與香味的特性，我猜這是台灣的梨山高山茶。

「你好像也很喜歡泡茶。」她說。

「泡茶時讓我找到生活的感覺，在燒水、沖泡、品茗的過程中，我找回原來的生活節奏，回到活著的當下。所以泡茶對我來說除了是生活美學外，更是一種回歸自我的儀式。」

「就像茶禪一樣。」

「對了，還不知道你叫什麼名字？」

「我叫Ann。跟這梨山高山茶一樣，也是從台灣來的。」

之後，我們一面喝茶，一面談了許多自己的故事，分享著各自對生活的想法與感覺。

在下學期的第一個上課天，我認識了她，被她獨特的氣質深深的吸引著。這是我們交往的開始。

第七章／太陽的影子

學會用心生活，享受生命，那才是人生最重要的成就。

意外發生前，我總覺得人生像遊樂場裡的迴轉木馬，我們的現在不斷重複著過去，未來將成現在，過去轉一圈後變成未來。雖然人物與場景不斷在轉換，但所經歷的事，從本質與意義上來說，只是不斷的重複。我們其實哪裡也去不了，生命好像只是無意義的重複著，像被牢牢釘在轉盤上的木馬一樣。

我想大部分生活在這個都市的人，或多或少都渴望離開或改變現在生活的狀態，更貼切的說是被賦予的命運，因為命運這東西，是在沒有任何商量或選擇的情況下分配的。有些人一出生便一帆風順，從學業到工作，都被最好的安排與規畫推進著；有些人卻一出生便落入深淵，在破碎的家庭被貧窮與疾病所環繞著。所謂的命運，是既定的安排，也是不可異議的事實。

或許，不同的宗教對於命運有不同的見解，有的說是神對人的試煉，也有說是前世的因果。但不論哪種說法，都好像只在給予人類一個安慰與解釋，因為我們難以接受生命是無常的，命運只不過是一種隨機現象。

前世也許是存在的，我們的基因裡，記載了人類的整個歷史，醞釀著我們過去的記憶。但那終究是過去，是不能改變的事實。就算明白從前造了多少惡，或是行了多少善，只是對現在的遭遇提出一個合理化的解釋而已。把所有的責任歸咎到不能改變的前世，好像對實質的生活沒有多大的意義與作用。

至於說到來世或是死後的世界，也許也是真的，只是一般人根本無法體驗證明。現世的努力換來下世的回報，這種單純的相信，違反了現代的經濟價值觀。無法驗證的因果信念，在人類脆弱的時候，特別容易受動搖。

所以，**我不尋找前世的原因，也不考慮後世的結果，我只希望活在這一刻，活在這個當下，這就是我所關心的全部。**

無可否認，有些幸運的人，出生在命運線上比較優越的位置，擁有比別人多的資源與助力，但那不是成就而是起點，比不幸運的人擁有一個較高的起點而已。其實不管落在哪片土地，只有真正透過自己的努力，吸取土壤的營養與水分，爭取天上陽光的照耀，使自己茁壯成長，才是人生的成就。在貧瘠的土地上長大的野草，比肥沃土地上的鮮花更能體驗生命的意義，那是生命真正在發光發熱。所以**我學會不在乎生命的起點，因為那是不能改變的隨機事實。相反，學會用心生活，享受生命，那才是人生最重要的成就**。人生就像品酒一樣，倘若不曾親吻大地，體會農夫的辛勞，感受大自然的無常，即使讓你品嘗最頂級的葡萄酒，又如何能夠享受與欣賞那更深層的香氣與美味?!

意外發生以後，我有好一段時間躺在醫院裡動彈不得，每次想到自己從人生的高峰摔下，掉進無盡的痛苦之中，面對不能康復的未來，總會問：為何是我？原來從天堂掉進地獄只在一瞬間，就是那短短的幾秒鐘而已，我的命運被這個意外徹底的改變。當我不停的在想有關命運這回事時，我在醫院裡做了一個奇怪的夢……

情境是一個兒童遊樂場，但那裡沒有其他的機動遊戲。在遊樂場的中央，豎立著一個巨大的摩天輪，摩天輪的直徑約兩層樓高，緩慢不停地轉動著，上頭一個一個金屬的車廂懸著五光十色的霓虹燈泡，照亮了整個遊樂場。我看見一條長長的人龍，從入口處一直延伸到遊樂場的後方，有男有女、有老有少，整齊筆直地排著隊伍，等候登上摩天輪。奇怪的是，我只看見遊人逐一登上摩天輪，但下來的車廂卻是空著的，我不知道那些人被送到什麼地方去，好像在轉動的途中便消失了。

我獨個兒站在那裡，所有人都是守規則的排著隊，就好像只有我不協調地錯置在一旁。我走到一個中年男子身旁，問他有關摩天輪的事，可是他低著頭沒有理會我，只是默默地緩慢向前走著，這時我才赫然發現，剛才那個男人的背後插著一把利刀，鮮血從他的傷口流出，把背部的襯衫染紅了一大片。後面的小女孩穿著潔白的醫院長袍，但在胸口的位置上被挖了一個深深的大洞，清楚的看見她的心臟已經停止跳動了。其他的人也一樣，有頸部纏著繩子的，有全身濕透的，充滿了以各式各樣的死法而結束生命的人。原來那裡不是遊樂場，而是人死後的異域。

我不知道為何會來到這個空間，但是我一點也不害怕，好奇心更讓我大膽起來。我朝著人龍走到摩天輪的入口處，那裡站著一個穿黑衣的管理員，面色顯得異常的蒼白，他的工作是讓失去生命的人逐一登上摩天輪的車廂，確保車門關上，車廂能夠安全的離開。他的手法俐落，沒有任何多餘的動作，彷彿天生就是從事這工作一樣。

他朝我看了一眼，訝異地瞪著我。

「你看的見我嗎？」我嘗試著問。

「那當然。難道你以為我的眼睛是裝飾用的嗎？」

「這裡是什麼地方？那些死去的人為何要登上摩天輪？他們要到哪裡去？」我一連問了好幾個問題。

「這不是你來的地方，你是怎麼闖進來的？」他完全沒有理會我的問題。

「我也不知道。我遇到嚴重的意外，身體受了重傷，現在正躺在醫院的病床上。但是我沒有死，我應該是在睡覺的時候，跑到這裡來的，我在做夢。」

「這種情況雖然罕有，但偶爾也會發生。你夢中的磁場碰巧與這裡的磁場重疊，只是絕大部分誤闖進這空間的人，都會把眼前發生的景象當作是惡夢一場，很少像你這樣在夢中仍擁有清晰自由的意識，非常有趣的本領。」

「那你可以告訴我有關這摩天輪的事嗎？」

「這不是什麼遊樂場的摩天輪，這裡是人死後來到的地方。巨輪亮著耀眼的燈光像是漆黑海上的燈塔，給死人指引方向，把他們引導到這裡來。至於巨輪，則是把死人送到不同地方重生的工具。」

「意思是，我們死後都被召喚到這個地方來，乘著那巨輪，在別的地方再重新活過來，就像所謂的輪迴。」我說。

「既沒有生，也沒有死，只是一個循環的過程而已。」管理員回答。

「那循環什麼時候會完結呢？為什麼要一直這樣輪迴再生？」

「**當所有的智慧開啟後，輪迴便會終止**。所謂送往不同的地方，其實是指不同的人生，就像遊樂場裡有不同的機動遊戲一樣。要徹底了解整個遊樂場是怎麼一回事，就必須親身體驗每一個遊戲。由於每個遊戲性質不同，因而獲得的樂趣也不一樣。」

「所以**沒有好跟壞的人生，只有不同性質的人生，因為所受到的考驗不同，所以獲得的智慧也不一樣**。」

管理員大力的點頭，表示沒有比這更體貼的形容。

「如果這一生沒有順利通過，將會再一次被送回同樣性質的人生，當中被賦予不一樣的身分，經歷不一樣的際遇，但其實性質是相同的。**只有真正領略到箇中的意義，循環才會停止。**」

「就像迴轉木馬。」我說。

「非常有趣的比喻。」

「那麼我們要經歷多少不同的人生，所有的智慧才會被打開呢？」

「一切的答案都在這轉動的巨輪上。」管理員直指著摩天輪說。

我看著巨輪，它的旋轉速度不停的加快，最後變成一個發光的金球，那是夜空中的月光。

我醒來時，四周一片寂靜，時鐘指著十二時正。我躺在病牀上透過窗戶看見清澈的夜空，剛好那是一個滿月的夜晚。

只要看見滿月的夜晚，我都會想起那旋轉的巨輪，總覺得在月光的背後，埋藏了許多有關輪迴的祕密，我開始被月亮深深地吸引。

自從尋訪隱世高人，學會了與大地連結以後，借用大自然的力量，我的身體起了微妙的變化。不只是我的腳傷得到痊癒，整個身體系統也像重新整理過一樣。

隨著歲月的流逝，我們的身體好比長年使用的老舊汽車，因缺乏適當的保養與清理，各個零件都積聚了難纏的油污與頑固的鐵鏽，齒輪不再暢順運轉，活塞亦不時發出聲響與震顫。但被大自然的力量清洗灌溉後，長久積聚的污垢被清除，身體每個細胞、每個關節重新得到潤滑，不但身體變得輕鬆，能量亦能自由地流動。

剛開始的時候，能量流動就像乾涸已久的石澗，被高山上初融的雪水所潤濕，感覺一陣清涼。當融化的雪水聚積到某個程度以後，開始流動起來；可是當經過某些狹隘的通道時，方向變得湍亂，水流被窒礙了。

體會到能量在身體裡流動只是第一步，接著便是要學習如何引導與掌握那流向。智慧老人曾經對我說過，意識是掌管我們外在身體、處理外界事務的中樞神經系統，而**真正主導我們內心思想與體內運作的是深層的潛意識。只要能控制潛意識，我們的智慧與潛能便得以打開，那裡有無限的資源與自癒能力得以應用。**所以要主導那能量的流向，也得從潛意識的層面著手。

催眠讓我明白，其實潛意識是可以透過意念運作的，只要把顯意識（表層意識）調降在極端放鬆的狀態，減低外在世界的干預，讓注意力專注在我們的內在意識，透過意念，便可以跟身體與內心溝通。

我學會了進入這近乎催眠的禪定狀態，透過意念引導那能量的流動，把湍亂的部分理順，把淤塞的地方打通，讓能量集中在想到達的地方。我就像是生命之流中的一名領航員。

宇宙大地奇妙的地方，在於那生生不息的規律，萬物雖是生死有時，但其循環卻是無始無終的。我發現大地之氣或是宇宙能量亦是如此，不停地轉化與循環，其實整個宇宙皆為一體。

在治療的期間，我了解到有關能量屬性的差異，或是說能量具有不同的時間性。簡單來說，所有能量都是源自於太陽，但因為地球的自轉與公轉運動，使陽光照射地球的角度與距離產生了差異，造成日夜交替、四季輪轉。這種微妙的磁場變化，讓大地的能量展現出不一樣的性質。

比較宏觀的看法是，這種能量週期對自然界產生了直接的作用，形成了整個生態系統的規律。就像是春天的時候，太陽溫柔的照射在大地上，這種孕育性的能量，喚醒沉睡的生命，啟動了生命的週期。夏天來到時，陽光熾熱的併發著，豐富的能量促使萬物快速成長。秋高氣爽，金黃色的陽光推動著能量的轉化，萬物開始蓄積收藏。寒冬來臨時，微微的陽光，在維持著生命的同時，讓萬物得以休養生息。

即使同一天裡，大地的能量也同樣展現著微妙的性質差異，這是我在一次散步時明白到的。

「校園的夜晚總是帶著一份不真實的寧靜。」我牽著 Ann 的手沿著研究生堂的山邊小徑，慢慢走到大學的校本部，我們喜歡晚上在校園裡散步。

「可能是學校的那道隱形圍牆，讓尚未準備好出社會的學生們，得以庇護安身。」Ann的話讓我想到將要離開母親的幼獅，有一天得被迫接受大自然的殘酷與殺戮。

「或許離開時，誰都沒有充分準備過。」我回想到大學剛畢業的時候。

我們一面說著，走到荷花池旁，時間剛好是午夜，那是一個滿月的晚上。

「為什麼要在這個時間特地到荷花池來？」我們並肩坐在池旁的木椅上。

「靜心的等待。」Ann指著水池上的睡蓮。

滿盈的月光映照在荷塘上，顯得特別優雅美麗，銀色的光襯托著青蛙的叫聲，形成了多種官能的美。就在這時，我看到了睡蓮慢慢的綻放，紫藍色的花瓣向外慢慢張開，像對著天上的月亮微笑一樣。

「等待晚上盛放的睡蓮。」我被眼前的景象所感動著。

「大概是受到月亮的呼喚，吸收了月亮的能量而盛放的。」

「太陽的影子。」我看著月亮說。

「就如你喜歡的向日葵，為太陽的能量所吸引，總會找到太陽的方向。」Ann暗示著什麼。

「我想這是我在尋找的，太陽影子的能量。」

那天晚上，我從荷塘裡摘了一朵睡蓮回家。

我獨個兒走到天台上，坐在看得見月亮的地方。透過自我催眠，慢慢進入禪定的狀態，與手中的睡蓮相連接。透過睡蓮，我能感受到月亮的能量，明白到它的性質與屬性。

白天的太陽帶著一種陽剛之氣，日光從正面照射到大地上，以強烈穿透性的能量，洗刷萬物，打通阻塞的氣場，讓身體的元氣得以自由流動。相反地，太陽以影子的姿態呈現在夜空，透過月亮這面鏡子，把能量反射到大地上。由於月亮磁場的關係，高頻的陽光被柔化，轉變成一種金紫色的月亮之氣。這陰柔的月亮之氣，具有調息與平衡的作用，讓大自然萬物得以休養生息，修復自癒。

我張開眼睛，看到手中的睡蓮比之前更燦爛盛開，而我的雙手此刻正泛著金紫色的光暈。

第八章／十三根蘆葦

生命現象與宇宙能量息息相關，宇宙能量連接了生命的奧妙與智慧。

往後的一年，我度過了一段平靜但寫意的日子。這段時間，我完成了幾個當時許下的夢想。每個星期天的早上，提著薩克斯風到音樂老師家裡上課，變成了我最喜歡的假日習慣。雖然不是專業水平，但能吹奏自己喜歡的音樂，為我帶來一種莫名的感動。黃昏的拉丁舞課，變成了我和 Ann 固定的約會。透過舞蹈的互動，我們傾聽著彼此的心意，傳遞著愛的訊息。夏天到來時，潛入蔚藍的海洋；冬天來臨時，登上雪白的山峰。我再一次看見了大自然的美麗與生命的和諧。

十月，已踏進秋分的早晨，陽光從窗簾的細縫照射進屋裡。我被窗外傳來的陣陣聲響吵醒了，好像有什麼東西不斷拍打在窗戶上，發出奇怪的節奏。我拉開窗簾，看見一隻大黑鳥站在窗台上，全身披著烏黑的羽毛，擁有像錐子一樣堅硬的尖啄。最特別的是大黑鳥的眼睛，那深邃而明亮的眼珠，像能把所有景物毫不留情的收攝進牠的眼底黑洞裡去。牠以奇怪的眼神看著我，嘴巴發出異常低沉的叫聲，在沒有預告的情況下，突然張開翅膀飛走了。我探頭尋找牠的踪影。那是一個天朗氣清的早晨，萬里無雲，能看得見遙遠的天空，可是卻找不著任何鳥的影子。

謎一樣的大黑鳥，在窗台上留下了一根蘆葦，我把那根蘆葦從窗台上撿了起來。下班回家後，我將蘆葦拿出來靜靜端倪。那晚是個滿月的夜，在月光照射下，那蘆葦顯得格外的金黃。

往後幾天的早上，大黑鳥同樣地在差不多七時一刻的時候，飛到我的窗台上。每次都發出低沉的叫聲後便離開了。有趣的是，牠每次都給我帶來一根蘆葦，簡直就像受僱的報童一樣，每天沿著相同的路線，給訂戶派發早報。

可是大黑鳥來了十三天以後，便沒有再出現了。在牠帶給我十三根蘆葦以後，便無聲無息的消失了。

我拿著那十三根蘆葦走到天台上，思考著當中隱藏的意思，可是不論怎麼聯想，也猜不出絲毫的意義來。我閉上眼睛躺在水泥長板上，不知不覺睡著了。

我醒來的時候已經是深夜，四周漆黑一片，但天上的星星卻顯得格外明亮。這是個弦月夜，彎彎的月亮就只剩下那一點點的光暈。就在這時，一隻飛鳥從天飛降到欄杆上頭，那是之前每天到訪的大黑鳥，我深深記得牠那雙烏溜溜的眼睛，能夠收攝靈魂的眼睛。

我看著牠，問牠有關蘆葦的事情。

「那是一個週期，周而復始，從遠古時代便展開的生命週期。」牠像能閱讀我的思想，並以眼神直接跟我的大腦對話。

「跟生命有關的週期。」我重複著。

「還記得那摩天輪嗎？」

「你怎麼會知道摩天輪的事？那是發生在我的夢裡面。」

「因為你現在正在夢中，所以我知道那摩天輪。」這時我才明白，我根本還沒有醒過來，我一直都在睡夢中。

「跟那摩天輪有關的生命週期？你是指生命的輪迴？透過不同的人生，開啟人類所有的智慧。」大黑鳥默不作聲表示同意。

「**生命現象與宇宙能量息息相關，宇宙能量連接了生命的奧妙與智慧，只要找到鑰匙，你便能開啟生命之門。**」大黑鳥說罷，便展開寬大的翅膀，飛到天上去了。

「只要能找到那生命之鑰。」我喃喃的說著。

我真正醒來的時候，天上也是掛著與夢中相同的一彎新月。

翌日下午，我約了 Ann 到大學的星巴克咖啡，我告訴她有關那十三根蘆葦與大黑鳥夢境的事。

「很有趣啊，十三。」Ann 的眼睛閃爍著光芒，好像找到糖果的小孩一樣。

「與十三有關的生命週期，讓我想到瑪雅的卓爾金曆。以十三為循環，每個日期皆依序標上「一」到「十三」的日數，接著又從「一」重新開始算起，配合二十個日名，一年共有兩百六十天。至於與十三有關的宇宙能量，遠古的瑪雅人以真人比例打造了十三個水晶頭骨模型，以當時的解剖學知識與工藝打磨技巧，那是不可能辦到的。」Ann 說。

「傳說在這水晶頭顱裡，隱藏了遠古的文明及所有人類的智慧，當十三顆水晶骷顱頭彙集一起時，所有的智慧將被開啟，生死之謎與宇宙起源將得到解答。舊世界將得到淨化，進而轉化提升到新的世界、新的紀元。」Ann 繼續解釋著。

「所以那十三根蘆葦也許跟傳說中的十三顆水晶骷顱一樣，都是暗示著生命的鑰匙。」我說。

「雖然只是傳說，但那當中好像存在著某種相同性質的暗示。」

「真希望有一天，我們可以一起到中美洲探險，看看瑪雅族人的遺跡。」

「我也是想著同樣的事。」Ann 笑著說。

我們點了續杯的咖啡，各自翻閱著手上的書籍。我隨手從閱覽架上拿起一本旅遊雜誌，專輯封面講述的是埃及的金字塔。我曾經以自助遊形式到過埃及兩次，親眼目睹沙漠上的金字塔，以當時的建築技術，能達到這樣宏偉和完美的幾何設計及黃金比率，真不得不讓人驚嘆古文明的智慧，相比起現代科技，我們好像沒有進步多少。

除了金字塔以外，文中還有介紹樂蜀與亞斯旺等地的神廟，我被當中的一張照片吸引著，照片是在一個古老的神廟大門前所拍攝的，大門外站著一個年老的阿拉伯人，皮膚曬的黝黑，身上穿著白色的長袍，纏著層層的白色頭巾。與那襲白衣形成強烈對比的，卻是臉上一對漆黑的眼睛，一雙感覺似曾相識的眼睛。守門的阿拉伯人面無表情的站在門前，手裡拿著一根高度及腰的手杖，那手杖看起來有點像一個十字架，但上方卻有一個橢圓形的環。

相片的下方是這樣寫著：「謎樣的守門者手持鑰匙，開啟通往永生的大門。」看到這張照片後，我想到多年前在埃及買回來的一幅畫，一幅畫在蘆葦草上的畫。

我把照片給 Ann 看，並告訴她有關蘆葦畫的事。「真是巧合，也許在畫裡會找到一些線索也不一定。」

回到家後，我把收藏旅遊紀念品的箱子翻出來。多年來的遊歷，留下來的便是這箱收藏品，有從不同地方收集回來的石頭，幾瓶盛滿沙的玻璃瓶子，和各式各樣的民族手工藝品。我在當中找到了一卷畫卷，那是大學畢業旅行時買回來的。

那一年夏天，是畢業前的最後一個暑假。我進大學的時候就計畫在畢業前最後一個暑假，進行長達兩個月的背包客旅行，作為大學的畢業禮。

從大學的第三年開始，我便拼命的當家教與兼職，好不容易才儲夠了兩萬元港幣的旅費。我買了最便宜的機票，經過兩次的轉機，終於抵達了我的第一站法國。我乘著火車，背著十多公斤重的背包，走遍了歐洲各國，而我的最後一站便是埃及。

埃及是一個充滿神祕色彩的國家，我從小便被它的種種古老傳說深深吸引著，我渴望能站在沙漠觀看謎樣的金字塔，讓獅身人面像作為畢業的見證，所以我選擇了埃及為整個畢業之旅的最終站。

我依稀記得，在其中一個神廟旁邊，我碰到一個賣旅遊紀念品的商販，他是一個長滿鬍子的阿拉伯老人，身上也是穿著傳統的白色長袍。他把我叫住，向我展示了一些蘆葦畫，都是描述埃及傳說故事的圖畫。我覺得非常特別，買下了其中一幅，一直收藏在箱子裡，這麼多年來，一次也沒有打開來看過。

蘆葦畫是埃及相當有名的的一種手工彩繪，當地人把新鮮的蘆葦蒸煮之後，將蘆葦剖成狹長的薄片，放於水中浸泡約一個星期後，把水分徹底擠壓並曬乾；再以傳統的方法排列編織，最後經過壓製等工序，才變成一張張的畫紙。畫師以鮮豔的顏料，把古埃及文明與傳說描繪在蘆葦紙上。這些蘆葦畫能長時間存放而不會霉壞，是當地重要的文化遺產。

我將畫卷打開，繪畫中畫的是古埃及神話中的智慧之神圖特，鷺首人身，一手拿著象徵生命的鑰匙，另一手持著魔法之書。傳說書中記錄了神的種種咒法，足以支配天地宇宙間所有的自然力量。圖特擁有所有智慧，亦被稱為醫藥與月亮的守護者。

在圖特身後，立著一個巨大的天秤，天秤一端放著死者的心臟，另一端放著正義女神瑪特的真實之羽，如果死者的心臟比真實之羽重，則代表死者內心有許多的黑暗，在旁邊的狼首怪獸阿米特便會把心臟吞食，死者因而無法得到永生，這是埃及著名的大審判。

「智慧之神，生命之鑰，咒法之書，月亮守護者，和那最後的審判。」當中到底跟我有著什麼樣的關連呢？

新年結束以後，我一直忙著作研究，除了上班以外，差不多所有的時間都待在實驗室裡。我的研究主要是關於目擊證人的記憶，碩士論文寫的是催眠技巧在記憶回溯上的應用，現在的博士論文則是有關辨認嫌疑犯面孔的記憶。

我對於人類的記憶，從小便懷著一份莫名的好奇感。我們的記憶就像一部功能卓越的錄影機，能把所有知覺上的訊息，一件不留的記錄下來。但只有對那些實質生活有價值的東西，才被帶進意識層面上賦予認知，其餘的部分則被過濾掉，放進不知名的龐大儲存庫去。至於遺忘，亦可做為一種潛意識的保護機制，把曾經知覺的事情隱藏在尋找不到的地方，所以也許根本就沒有遺忘這回事。但這也不代表記憶一定準確，記憶有時也會受到干擾，被放在錯誤的位置，或與不相關的東西糾結在一起。潛意識更可以在某些特殊的情況下，捏造一些不真實的記憶，混亂我們的系統。至於所謂的前世記憶，有更複雜的深層象徵意義，與遺傳基因上的記憶交相呼應。而我研究的是證人目擊罪案時所留下的記憶。

博士課程是一個既漫長又孤獨的學習歷程，每個博士生都只專注在自己研究的細微領域裡，各自躲在實驗室，從早到晚孤獨地工作，既沒有同學與你分享研究成果，也不會有誰跟你分擔過程中的失敗挫折。在這段艱辛的日子裡，幸好有Ann在，她給予了我不少心靈上的安慰與支持。

「數據分析的怎麼樣？」Ann跟我在大學的星巴克裡喝著咖啡。

「差不多完成了，結果很理想。」「妳的問卷調查進行得如何？」我說。

「也算順利，看來我們可以喘口氣休息一陣子了。」

「我很想出外走走，每天對著實驗室的四面牆壁，這樣下去遲早會變成科學怪人。」

「沒關係，你本來就是怪咖。怎麼最近都沒有聽你說有關月亮的事情了？上次的謎底解開了嗎？」Ann問。

「最近做月禪的時候，覺得有不完全的地方。雖然現在對於能量的感應比以前強很多了，意念的運用也可以控制自如，但是總感覺當中欠缺了些什麼似的。」

「跟上次的啟示有關嗎？」

「我的直覺告訴我，我像欠缺了手中的那把鑰匙，我必須把它找回。」我看著自己的一雙手。

「是什麼樣的鑰匙，在哪裡可以找到？」

「我也在等待著。」

一個月後，我收到一個特別的邀請。Ann 有一位朋友 Emma，是香港台灣婦女協會的會長。她從台灣來香港經商已經二十年了，Emma 非常熱心公益，常常到處幫助有需要的人，她看見 Ann 獨自一人在香港讀書，對 Ann 特別照顧，時間久了，她們變成了好朋友。

Emma 對於宗教與靈性的追求不遺餘力，早前她聽說有位仁波切，希望在青康藏高原建立第一所佛學院，她便義不容辭地捐獻了一筆為數可觀的經費。佛學院興建在青海省的玉樹，那是藏傳佛教其中一個重要的發源地。經過了四年建設，佛學院總算有了初步的形貌。仁波切為了對捐贈者的善行表示深切的感謝，特意安排了佛學院的參觀行程，順道參加當地盛大的祭山大典與祈福法會，之後更會轉往西藏拉薩，親身講述藏傳佛教的歷史與文化。

「你七月初有空嗎？有沒有興趣到青海與西藏？」Ann 這樣問我。

「Emma 想邀請我們一起去參觀佛學院的建造工程。我有高山反應，不能到高海拔的地方。」Ann說。

聽到Ann這樣說時，我腦海中忽然閃過那幅蘆葦畫的影像，智慧之神圖特手持生命之鑰與魔法之書主持死後的審判。那種強烈的象徵意義，好像在暗示著什麼似的。

「那應該是我要到的地方。」

「什麼意思？」

「在那裡，我相信可以找回遺失的東西，我的鑰匙。」

「總是說些古怪的話。」

兩個星期以後，我帶著簡便的行李，飛抵青藏高原，展開了奇妙的旅程。

第九章／智慧之鑰

宇宙萬物不是在對抗大自然，相反的，它們是配合自然在生存著。

二〇〇九年七月十一日，中國青海省西寧市。

甫步出機場，便有兩位穿著紅色僧袍的喇嘛前來迎接。一位高大壯實，一位矮小瘦削，但皮膚都曬得黝黑。他們雖然不帶笑容，但以非常友善的表情，雙手合十。高個子的那位喇嘛將一條雪白的哈達掛在我的脖子上，以表示歡迎與敬意。

我也雙手合十，點頭微笑，以表示感謝。他們以手勢示意我跟著他們，在路旁登上了一輛預先安排的計程車。計程車看起來有點破舊，椅子下的彈簧已經失去了彈性，馬達發出奇怪的聲音，整個車子有些不尋常的顫動。

司機看起來像是已漢化的西藏人，衣服打扮與城市人無異，途中誰也沒說一句話，司機安靜的開著車，兩位喇嘛也默默地坐著，而我則欣賞著窗外的風景。

西寧位處海拔兩千三百米，屬於高原性氣候，即使是盛夏，氣溫也異常的清涼。這裡空氣雖然比較稀薄，但由於沒有污染，彷彿能吸收到更多的氧氣。我現在才明白，我生活的地方空氣有多糟糕。

車子大概開了三十分鐘，我們便到達旅館門外。下車後，喇嘛把我帶到旅館大廳的中央，那裡有大約三十人聚集在一起，他們看起來像是旅行團的團員，一起聽著導遊的講解。

我們朝人群走去，看見站在中間的不是導遊，是一位穿著僧袍的年輕喇嘛。他看起來約三十出頭，架著一副無框眼鏡，面容非常祥和，但皮膚比之前的兩位喇嘛白淨得多。

「這位是仁波切。」高大的喇嘛以不太純正的國語向我介紹。

原來圍著仁波切的是從世界各地抵達的善長，來自中國不同的地方，也有從日本、台灣、新加坡和美國來的，簡直就像一個小型聯合國旅行團。

沒有想過Emma口中的轉世活佛這麼年輕，我還以為他是一位年老嚴肅的隱世高僧。

我們先到旅館二樓的餐廳用膳，席間仁波切做了簡短的自我介紹。他大概兩、三歲時便被驗證為轉世活佛，從小在寺廟長大，後來到印度著名的哲蚌寺學習，拿到了「格西」（按：佛學博士之意）的成就。他的宏願是要在青康藏高原興建第一所佛學院，據說那也是他上一世未完的使命。

這次行程的安排也頗富心思，我們先在西寧安頓三天，讓身體習慣高原氣候。期間會到青海湖與藏傳佛教聖地之一的塔爾寺參觀。然後乘越野吉普車進入玉樹，參加當地的祭山大典與見證興建中的佛學院，最後再乘飛機到西藏拉薩，參觀著名的大昭寺與布達拉宮。

第二天早上，我們遊畢美麗的青海湖後，便轉到塔爾寺去，這寺廟是藏傳佛教格魯派的創始人宗喀巴大師的出生地。與其他團友不一樣，我並沒有任何宗教信仰。雖然我對佛教並不抗拒，但對他們口中所說的諸佛菩薩完全一竅不通，那些佛像看起來好似都差不多，名字都很長很複雜。團友們都興奮的圍著仁波切，聽他講解佛經的故事，我反而對寺內的文化建築更感興趣。

我獨個兒四處走著，來到了其中的一座殿，這座殿堂非常特別，廊柱屬於西藏的朱紅八楞柱，面闊九間，進深三間，以三間為一單元，所以稱為九間殿。殿的四周圍著一排排的經輪，輪上刻有經文與圖案。寺內的彩繪都是採用天然礦物顏料，以藏族傳統的金碧重彩描法勾畫。原本鮮豔斑斕的圖案，經過了差不多六百年的歲月洗禮，褪去鉛華卻留下更迷人的歷史色彩。雖然我不熱衷宗教，卻十分欣賞古老彩繪的宗教藝術。

有個小男孩從門外跑進來，他一面跑著，一面頑皮地順手轉動旁邊的經輪，一時之間，十幾二十個經輪在我四周同時轉動著。我看著這個情境，忽然整個人愣住了：那是如此熟悉的景象，不知在何時何地曾經見過的一幕。我看見的不是經輪的圖案在轉動，而是生命的流動，生命的循環，生跟死的交替。

我回過神來時，經輪已經停止轉動，那頑皮的小男孩也不知道跑到哪裡去了。我走進中間的主殿，看見一尊佛像立於殿的中央，面容慈祥，帶著一份攝人的氣質。

看著這尊佛像時，我感到心臟的跳動加速，雙手微微的顫抖著。我對這尊佛像有很特殊的感覺，好像祂也在等候我的到訪一樣。

殿內有一位老喇嘛正在打掃，我趨前問他：「請問這尊佛是哪位？」

老喇嘛看著我好一會兒，再轉頭看看這尊佛像。「你不知道嗎？這是文殊菩薩，這又稱文殊殿。」

「四大菩薩之一，掌管智慧的文殊師利菩薩。」老喇嘛繼續說。

「菩薩雙手擺出的姿勢有什麼特別的意思嗎？」

「那是手印，屬於身、語、意三密中的身密，能連接天地的力量。」老喇嘛雙手交合，手指交結，做了一個手印給我看。「這就是文殊菩薩的手印。」

「就像能打開天地之門的鑰匙。」我說。

我從文殊殿走出來，碰上了Emma，她剛從機場過來與大家會合。我向Emma請教了一些藏傳佛教的知識，對密宗有了大概的了解。

「那次意外之後，有什麼是你最渴望追求的？」Emma忽然這樣問。

「我希望得到智慧。**從前感覺世界很大，自己懂得非常少，所以不斷學習各種不同的東西。但只是增長了知識，而不是智慧。意外後，我才學會了看事物的本質，領悟到原來很多東西都是一樣的，世界反而變得簡單。**」

「我雖然沒有偉大的智慧，但我希望能盡自己的一點能力，幫助更多人得到智慧，所以支持仁波切興建佛學院。」Emma 說。

「那不是更有意義嗎？」

「只是你跟我有不同的使命而已。」「還有一件事，你既不是佛教徒，為什麼想也不想便答應來見證佛學院的興建儀式？」Emma 好奇的問。

「我只是聽從我的心，被引領到這裡來尋回一些遺失的東西。」

「遺失的東西？那找到了沒有？」Emma 以驚訝的眼神看著我。

「我想我找到了，智慧之神手中的鑰匙。」

若是將之前發生的事情像拼圖般拼湊起來，便能逐漸看到當中的關連，我要找的原來是文殊菩薩的手印，能打開智慧之門的鑰匙。

第三天的清晨，我們乘著吉普車離開西寧，朝西南方出發，目的地是八百公里外的玉樹結古鎮。我們一行十四輛越野吉普車，在二一四國道上快速飛馳，沿途經過一望無際的油菜花田，綿延百里的大地被染成一片鮮亮的黃，有如圖畫般美麗。經過唐番古道，登上海拔四千多米的巴顏喀拉山，氣溫急劇驟降，窗外細雪紛飛。

當車子不斷向山上爬升時，我身體開始了所謂的高原反應，呼吸變的急促困難，頭顱像被鎚子不停地敲打，同車的另外三位團友也出現了不同程度的高原反應，其中一個更需要不斷的吸氧氣。她的臉色變得很蒼白，唇帶著紫青的顏色，沿途不停的嘔吐，狀甚痛苦。

我本來就有輕度的地中海型貧血，紅血球的攜氧能力比一般人差。遇上高原氣候，情況惡化得比我預期的嚴重。我嘗試吸著車上的氧氣瓶，情況稍微舒緩一點，可是再這樣下去的話，身體只會一直倚賴額外供給的氧氣，將無法適應高山稀薄的空氣環境。

我腦裡想著各種克服高原反應的辦法，當我看到窗外的風景時，忽然有了啟示。高原山區的環境雖然嚴竣，但山上的植物仍然茁壯生長，天空的飛鳥依舊能自由的遨翔。**宇宙萬物不是在對抗大自然，相反的，它們是配合自然在生存著。**

我合上雙眼，調整氣息，自我催眠進入了潛意識。智慧老人告訴我，只要把身體的新陳代謝調降，嘗試感應生長在高原上花草樹木的磁場頻率，放鬆心情，就可以與它們融為一體，同步呼吸。

我感覺像置身野外，山上的強風吹拂著我的面頰，氣溫雖然寒冷，但在陽光的照耀下，身體卻出奇地溫暖。我手上拈著一朵美麗的野花，那是長在巴顏喀拉山的罌粟花。

路上一陣顛簸把我的意識拉回來，我張開眼睛時，車子已經快要到達頂峰了。

車子停在一處掛滿七彩布幡的地方，那裡立著一個大路標，上面寫著巴顏喀拉山——海拔四千八百二十四米。

調整身體頻率之後，高原反應已經消失，身體感到悠然輕鬆。我步出車外，盡情呼吸無比清新的空氣，享受溫暖的陽光。四周掛滿了色彩斑斕的經幡，經幡隨風飄揚，異常壯麗。

曾經有這樣的傳說，一個西藏僧人到天竺取經，他帶著佛經走過河流時，不小心掉進河裡，把經書都弄濕了。他攤開經書在地上曝曬，自己則在一旁打坐禪修；天上突然傳來陣陣梵音，四周響起法螺法鈴之聲，佛光照遍大地。僧侶恍然開悟，求得正道真理。當他張開眼睛，看見經書漫天飛舞，隨風四處飄揚。後人為了學習得道僧人，便把經書印在七彩的旗幡上，掛於天地之間，讓風傳揚佛經真義。所以經幡亦稱為風馬旗，即乘風為馬的旗子。

經過了十六小時的車程，我們終於到達了玉樹的結古鎮。聽說仁波切轉世前，是玉樹著名廟宇讓娘寺的住持，所以當地居民對仁波切十分崇敬。很多牧民早就在車隊經過的路上守候，等待仁波切為他們祈福。不論老人家或小孩都虔誠的跪在地上，當車隊駛進山口時，我看見讓我吃驚的景象：在廣無邊際的青翠草原上，聚落了無數的帳篷，為數過萬的牧民蜂擁到路上，吹著號角，揮動著鮮豔的旗幟，向車隊歡呼以示熱烈歡迎。

我們的車隊停在一個巨大的白色帳篷前面，由一群喇嘛引導進去坐在預先安排的貴賓座上。帳篷的中央搭建了一個小型高台，擺放了仁波切的聖座，聖座以傳統藏密形式布置，閃耀金光的絲綢布幔繡上了神祕的曼陀羅圖形，四周擺放了各式鮮花與貢品。仁波切穿上法袍，登上聖座主持祭山大典，為當地居民祈福。

仁波切手持法器以藏語誦經，為數兩、三萬的信眾聚集在白色的帳篷前，雙手合十，低頭祈禱。誦經儀式完畢後，由當地不同的部族表演傳統的金剛舞。舞者帶著面具，手執矛杖，以憤怒的金剛相，三眼怒視，口露獠牙，震攝四方妖魔。

一輪舞祭後，便是最精采的賽馬大會。參賽者輪流表演各種精采的騎術與射藝，策馬飛馳過我們身邊。我希望有朝一日能像草原上的牧民般，如此貼近大自然地生活。祭山賽馬大會在一片歡呼聲中結束了，這片草原回歸到原來的寧靜。

之後的一天，我們前往興建中的佛學院參觀，仁波切為我們詳盡的介紹了學院的細部結構。在建築設備短缺與交通運輸困難的情況下，整個興建過程非常費時，經過四年的時間，學院總算完成了基礎建設，峻工時間預計是四年以後。仁波切為了感謝所有捐獻佛學院的善信，特別準備了一份贈禮送給每位團友。

仁波切手持一個白色瓷瓶，瓶身呈葫蘆狀，表面繪有蓮花的法器，瓶口上覆蓋了一塊印有花紋的金色綢布，圖案以五色彩繩繫緊。他解釋說，這是非常珍貴的寶瓶，內置有五寶、五穀、五藥、五香等二十種聖物，象徵吉祥圓滿，能帶來富貴福智。他叮囑道，寶瓶必須放在清潔乾淨的地方，每天只需奉上清水一杯便已足夠。

我看見其他人如獲珍寶般喜悅，非常慎重的接過瓶子，並以清潔的衣物細心包裹，小心翼翼的收進袋子裡。

我也半信半疑的看著手中的寶瓶，忽然間我想到小時候聽過的阿拉丁神燈，只要用手輕擦神燈，裡面的精靈便會從燈口跑出來，為你實現任何願望。但是這個寶瓶並沒有任何開口，精靈可能一輩子都被關在裡面。

正當我想得入神時，坐在身旁的仁波切忽然轉向我，「寶瓶讓你想到什麼嗎？」

「啊，只是小時候聽過的一個神話故事。」我不好意思的說。

「你是說一千零一夜的神燈嗎？」「除了佛經以外，我也喜歡看不同的書籍，包括童話故事。」仁波切補充說。

「是有什麼原因讓寶瓶有神奇的力量呢？」

「寶瓶裡裝著供奉佛陀的貢物，包括寶石、穀豆、藏藥、絲綢、薰香等。製作寶瓶時，全寺的喇嘛須先齋戒沐浴，誠心誦經，以清淨純潔之心三密加持。」

「所以那主要是來自願力與持咒的力量。」

仁波切笑而不語。

第六天的清晨，我們沿去程的路線，再度回到西寧市，準備明日乘飛機到西藏拉薩。

第七日，拉薩，天氣晴。

拉薩在我腦海裡一直是個神祕又遙不可及的地方，雖然在我的旅遊名單中，是一生必到的聖地，但這麼多年來還沒有機緣到此一遊。年輕力壯時，還會擔心路途遙遠和高山反應，但現在這副殘破身軀反而什麼都不怕。意外回來後，好像真的不再恐懼死亡了。一般人對死亡存在太多不真實的恐怖幻想與誤解，死亡其實並不可怕。

今天總算可以站在拉薩的土地上，矗立在我面前的，正是這座氣勢磅礡的布達拉宮。整個宮殿依山而建，紅色的靈塔殿居中，兩旁相連著白色的宮室與扎廈。

布達拉宮建於西元七世紀的北蕃王朝，是吐蕃王松贊干為迎娶唐朝文成公主而修建的。後來五世達賴喇嘛以此為居所，從此布達拉宮變成西藏政教合一的象徵，歷代達賴亦居於宮殿內，直到十四世達賴於一九五九年出走為止。布達拉宮除了濃厚的宗教背景外，宮內其實收藏了大量珍貴的歷史文物。壁畫唐卡、佛像浮雕數以萬計，簡直像一個西藏歷史文化博物館。這麼富有靈性的博物館，我想全世界就只有這個而已。

這次旅程的最後一站，是拉薩的大昭寺。大昭寺在藏傳佛教中占有舉足輕重的地位，可是在這個旅程裡，已經看過太多寺廟了，我沒有跟隨大伙兒在寺內細看，只隨便繞了一圈便打算離開。在離出口不遠處，我見到一幅壁畫，被畫上的一雙眼睛叫住了。

壁畫上的佛像充滿靈氣，既有一種冷眼看事態的感覺，但又流露著慈悲的菩提心，好像是一種矛盾的融合。而深深吸引我的是佛像旁邊的一雙眼睛，這雙眼睛能看穿我的思想，看透一切事物，是那麼清晰明亮。看著這雙眼睛時，我想到了從紐西蘭拾回的太陽眼鏡，感覺這就是太陽眼鏡後面的眼睛。正當我看得著迷時，身後有人大聲喊我的名字。

「怎麼如此入神，叫你好幾聲都沒反應。」原來是同團的慧珍，她是一名虔誠的佛教徒，在日本行醫濟世。

「這位菩薩給我很特別的感覺。為什麼祂旁邊有一雙眼睛，兩眼間還有一把寶劍？」

「這位是文殊菩薩。」慧珍回答。

「掌管智慧的文殊菩薩。」我跟文殊菩薩好像有特殊的關連，有種強烈的感應。

「至於旁邊的雙眼和寶劍，傳說是自然而生的。智慧之劍可以斬斷世人的愚思妄見，讓世人開啟智慧，看清事物的本質。」慧珍解釋道。

「就像摘下太陽眼鏡一樣。」我比喻說。

「有聽過文殊菩薩的心咒嗎？嗡阿喇巴札那諦。」

「心咒是什麼？不是只有手印嗎？」

「其實跟手印是相類似的東西，你可以當成呼喚文殊菩薩所用。」慧珍重複念了一遍給我聽。

我做了文殊菩薩的手印，念著祂的咒語，忽然間像是明白了一切。所有碎片全都拼合起來了。從埃及神話的圖特到藏傳佛教的文殊菩薩，從太陽眼鏡到智慧寶劍，生命之鑰到手印咒語，好像所有謎底都解開了。

第十章／天地之心

細心聆聽內心的指引……

九天的旅程，讓我感到非常疲累，畢竟高原氣候還是對身體造成一定的負擔。當我回到香港，躺在熟悉的床上時，疲勞彷彿從每個毛孔鑽進來，眼皮比平常沉重，意識開始變得模糊，我進入一個很安靜的睡眠，一個完全沒有夢的睡眠。

醒來的時候，太陽已經差不多下山了。我一看牆上的時鐘，時針剛好指著六時的位置。本想外出跟 Ann 見面的，但當她從電話裡聽到我乏力的聲音時，便提出不如到我家來好了。

Ann 帶來了她親手做的帕瑪火腿 Panini 和 Mozzarella 芝士番茄沙拉，我一面吃著美味的愛心晚餐，一面說著旅途有趣的見聞軼事。

算起來已經十天沒有喝到一口咖啡了，忽然間十分懷念咖啡的香氣與味道。為了紀念我從高原地區回來，Ann 特別選了伊索比亞達英省出產的耶加雪夫，這種咖啡豆生長於海拔四千英尺的高原地區，是非洲極少數的水洗豆。豆質飽滿，但有獨特的花果香氣，口感清新，是我最喜愛的咖啡豆之一。

我把熱水注入虹吸壺的玻璃下壺，點燃酒精燈加熱壺內的水。由於壺內的壓力不斷上升，沸騰的水透過連接的導管，慢慢上升至上壺。我將現磨的咖啡粉放入，以竹匙垂直攪拌第一次，三十秒後攪拌第二次，四十五秒後再攪拌第三次。熄滅下壺的酒精燈，上壺內的液體透過濾布回流至下壺內，香濃的咖啡便萃取完成，我把鼻子湊近杯緣，深深地吸一口咖啡的香氣。

深度烘培過的咖啡豆散發出茉莉與柑橘果香，喝下去時，口感圓潤非常，酸中帶甜，明亮有層次。

正當我還陶醉於咖啡之中時，Ann 指著擺放咖啡用品的架子問：「那白色的瓶子是什麼？」

「那是仁波切送的寶瓶，因為還是沒有找到適合的地方擺放，所以先放在咖啡用具旁。」

「這樣不太好，法器應該要放在清淨的地方吧！怎麼讓它被咖啡豆包圍著。」

Ann 在廚房洗碟的同時，我清理擦拭了書桌旁的文件櫃頂面，將上置的茶盤清洗乾淨，然後把寶瓶安放在茶盤，再於寶瓶前擺上三杯清水。沒想到這茶盤與寶瓶出奇的相襯，並且恰好可以供奉清水。

就在我把清水倒進杯子的時候，奇怪的事開始發生。首先我聽到一陣陣奇怪的低鳴聲在房間裡響起，然後感到房內的溫度微微上升，四周的空氣正似某種特別的形式在流動，整個空間發生了一些看不見的變化。

Ann 此刻走進房間來，她好像也察覺到一些微妙的變化，臉上流露出詫異的表情。

「你在房間弄了什麼嗎？我有點暈眩的感覺。」Ann 說。

「沒有弄什麼，只是剛好在清潔收拾而已。」

Ann 在房間四周仔細打量，然後走到茶盤旁，盯著上面的寶瓶良久。「好像是從這個瓶子引動的。」

說完後，Ann 便離開房間去透透氣，其實我也同樣的感覺到寶瓶引發這微妙的改變。我想起有關寶瓶的傳說，能連接天與地，開啟宇宙生命的能量。

我集中精神，雙手合起，嘗試著作出在塔爾寺所看到的手印，口裡唸著大昭寺學到的咒語。突然間，我感覺到原本低鳴的聲響，瞬間放大數倍，充滿整個房間環迴共振著，就好像高頻的音波在密閉的空間裡產生回音一樣。我身體感到一陣灼熱，頸部的血管在擴張著，血液急促的流動。

我被這一連串的反應嚇得立刻停止，可是房間裡的高頻聲響依舊存在，空氣彷彿以逆時鐘方向在寶瓶上空旋動著。我從抽屜裡拿出指南針，發現指針無法自由轉動，只能牢牢斜指著寶瓶的方向。房間裡的磁場被徹底改變，充滿能量的磁場。

我打開房門，發現 Ann 站在客廳的中央，不敢靠近我的房間。

「好像有什麼透過房間牆壁，一波波的傳送出來。你到底對那寶瓶做了什麼？我渾身都在冒著冷汗，胃裡攪作一團。你像喝了酒般全身通紅，沒事吧？」Ann 的臉色異常蒼白。

「我沒事，稍候再跟妳解釋。我先送妳回去休息吧。」我們走出公寓。

「你不要靠得太近，我發現只要你一靠近，暈眩的感覺便會加劇。」Ann 說。

我只好與 Ann 保持一定的距離，兩個人隔著大馬路兩旁分開的走著。我們就這樣走到 Ann 的住處樓下，我一臉抱歉，遠遠地向她揮手道別。

她連忙向我示意將手放下別對著她。她用手機跟我解釋，剛才像是對她揮了兩記耳光一樣。我只好把手放在身後，目送她離去。

當我回到房間，那高頻的聲音依舊存在，只是音量比之前小了。我煮了續杯的咖啡，等待月亮的降臨。只要等到月亮出現，這個謎團將被解開。

月亮在快到午夜的時候現身在天台的上空，透過薄薄的一層雲霧，照亮著大地。看著天上的月良久，確定它並沒有任何的改變，還是那熟悉的月。我把寶瓶放在我的跟前，讓月光毫無保留的照耀著它。

我開始做月禪。

首先放鬆身心，讓意識慢慢沉澱進入禪定的狀態。我將意念轉移至潛意識層面，集中精神與天地宇宙連結。雙手結起文殊菩薩的手印，以梵文唸誦心咒（按：每個人可結起各自本尊的手印，以梵文唸誦相應的心咒），梵音在安靜的夜空中迴響著，像從四面八方傳送過來。當心咒唸誦到第九遍時，聲音彷彿漸漸消失遠矣，就像調至靜音的揚聲器，雖然嘴中還在唸著，但聲音被吸進不知名的地方去。四周變得無比寧靜，馬路上的車聲，大樓裡的人聲，天上的風聲，就連心臟的跳動聲與鼻息，全都被吸收。留下來的只有純粹的寧靜。

我雖然眼睛緊閉著，但卻看得出奇地清晰。此刻，天與地的界線消失了，穹蒼與大地的邊緣相連成一個圓，我與這個圓合為一體，無分無別。我是天，也是地，而月亮就在這天地之間。我既在大地上仰望月亮，同時也在穹蒼上俯瞰著它。在圓心中央的月，就是天地之心。

月亮的光芒照耀於天地，再從天地的邊緣反射到它之上，同一時間月亮與天地併發著同樣金黃的光束，在那邊共振共鳴著。整個空間充滿了光亮，天地之心與穹蒼大地合而為一，然後消失成空，留下的就只有純粹的光。

在這純粹的光海裡，我清楚的看見兩種不同的光，白色的光與黑色的光。兩種光芒相生相剋，徹底的融合轉化。**光明因黑暗而生，白光分解為七彩光芒，七彩光又結合成黑色光，黑暗被光明吞蝕。只有在黑暗中才看得見白色的光輝，但亦只有在白色的明亮裡，才能窺見黑色的光芒。**

曾經有一次做月禪時，智慧老人對我說過，我所看到的只是月的一面，並不是全部。若要尋找真正完全的月亮，必須先找到天地之心。在天地之心裡，光跟它的影子結合，化成絕對的黑暗與絕對的光明，相生相剋，亙古不滅。

這時我才了悟，所謂光的影子是指那黑色的光，只有在天地之心才可以看見的黑光。

其實寶瓶只是一個催化劑，讓我成功的把身、口、意三者結合，變成一支鑰匙，打開天地之心。在天地之心，我領悟到光的本質，所有生命能量的起源。

過了一天，我約 Ann 到我家來吃晚飯。起初我還擔心 Ann 會害怕不敢到來，沒想到她一口答應了，還說發生一些奇妙的變化，詳細情形見面再談。

我燒了鍋水，把烏龍麵放進沸騰的水中烹煮，一邊以木箸攪動，一邊把計時器調撥到三分半鐘以後。看著大量的水蒸氣從鍋子冒起的同時，我腦子急促在猜想著 Ann 的狀況，那寶瓶所發出的高頻能量到底引起了什麼樣的變化。

正當我想的入神之際，計時器以同樣高頻的聲音正在響鬧著。我回過神來，看到麵的邊緣已轉成半透明，趕緊把火關掉，將烏龍麵撈起。我打開水龍頭，以流動的清水將麵條迅速冷卻，再放進冰水浸泡一分鐘，最後平鋪在竹簾上。我把沾麵用的鰹魚醬汁調好，再灑上些許的薑蓉與細蔥。

因為 Ann 喜歡蔬食的關係，我特別從有機商店買回了新鮮的金瓜、茄子跟秋葵，沾上麵糊，在油鍋裡炸成金黃色的天婦羅。最後加上她最喜愛的炸紫蘇作伴碟，完成了我特別為她製作的晚餐。

這時剛好鈴聲作響，我把圍裙脫掉開門迎接 Ann。我第一眼看到她時，給我的感覺好像跟之前的她有些不太一樣。

晚餐的時候，我向 Ann 說明了那天晚上發生的事情，但她好像一點兒也不驚訝。

「那天回去以後，我身體難受了一個晚上，不單頭暈作嘔，還發起燒來，出了一身汗以後忽然轉好了。第二天早上醒來，我感到身體比以前輕鬆多了，頭腦也變得清晰靈活，簡直好像被重新調整過一樣。」Ann 說。

「身體被重新調整！」我重複她的話。

「我想當時不單只是環境的磁場被改變了，我們身體的生物磁場也受到相應的轉化。如你所說，從天地之心釋放出來的寶貴能量，能夠活育天地萬物，不但修復身體的損傷，更可以療癒隱藏的疾病。」

「說的也是，那能量比我以前做月禪時更加強烈與完全。」

「**當你真心追求一樣東西時，只要細心聆聽內心的指引，整個世界都會一同幫你尋找那樣東西**。你要好好珍惜上天賦予你與眾不同的經歷與能力。」Ann 有感而發。

牽起 Ann 的手，「妳也是我生命中的一個重要經歷。」我說。

第十一章／影子的分離

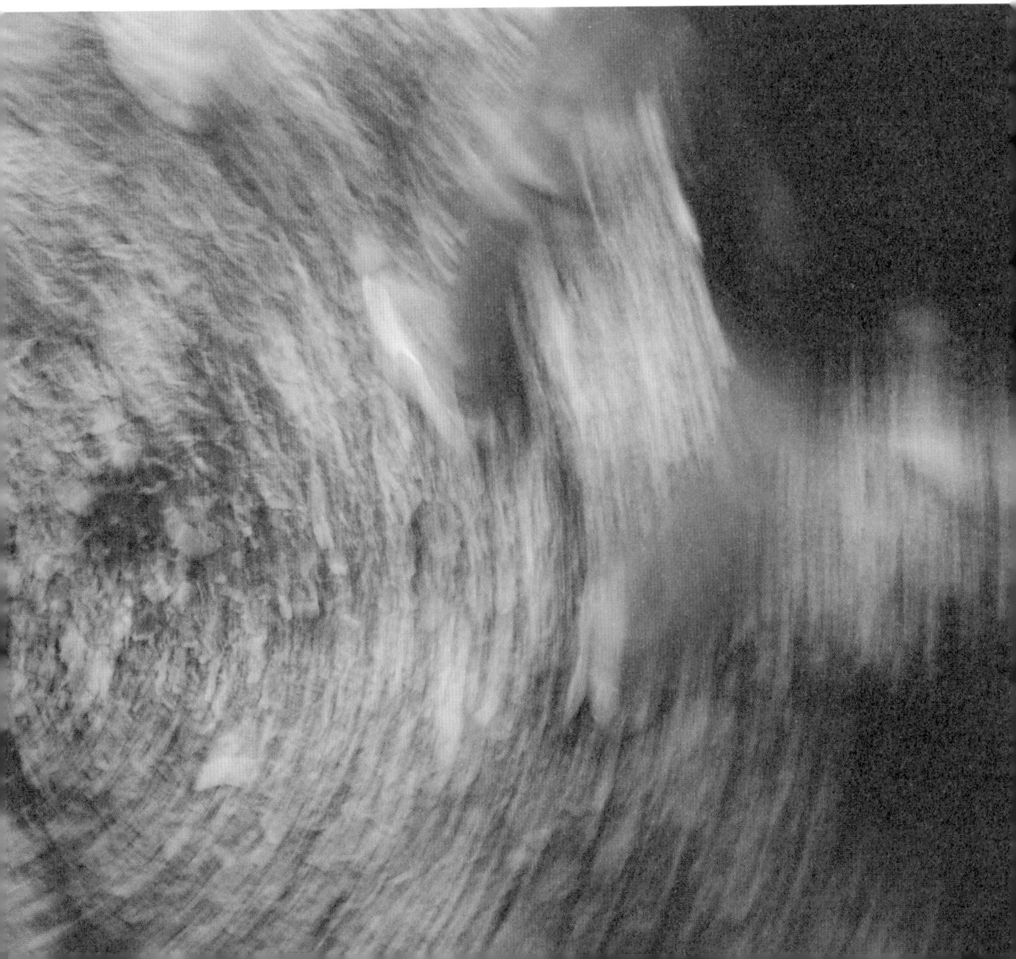

可以追求，不可強求。

兩個星期後，我與 Ann 一同前往日本京都參加認知心理學的會議，會議一共進行五天，作為重要的學術交流平台，雲集了世界各地知名的認知心理學家，各自發表最新的研究報告。

在香港這個多元種族的社會中，如何提高目擊者辨認不同種族罪犯的正確率，正是我的研究領域。一直以來，目擊證人對於罪犯臉孔的辨認存在一種普遍的現象，即所謂的「同種偏差（own-race bias）」：目擊者對於和自己相同種族的疑犯辨認率較高；對於和自己不同種族的疑犯辨認率則較低。

這次會議中，我發表了這三年來的研究結果。我提出了一套新的配對模型，主張採用相繼隊列來指認相同種族的疑犯。所謂相繼隊列，是指目擊證人每次只能觀看單一疑犯來進行辨認，透過絕對判斷思維，能有效減低誤認率而無損正確辨認能力。相反地，跨種族的辨認應採用同時隊列，目擊證人可同時間觀看多名疑犯，通過相對判斷思維，證人比較近似的疑犯後，從而再進行指認，這方法不但能增加正確辨認能力，更可有效減低誤認率。作為一個心理學家，除了對於學術理論作出貢獻，我更希望能把研究成果應用在現實生活上。

說真的，我不喜歡也不討厭紀律部隊的工作，也不知道是什麼樣的緣分與安排，讓我在這裡待了十多個年頭，希望以這研究作為回饋的禮物，紀念我在這裡的十年歲月。

學術會議結束以後，我跟 Ann 一同遊歷這浪漫的日本古都。我們走遍了大大小小不同的寺廟神社，除了欣賞古雅的傳統建築以外，更讓我們嚮往的是當中那份洗滌心靈的禪意。不論是暮鼓晨鐘，或是青石白砂的枯山水，都能讓我們從緊迫忙碌中沉澱下來，找回生活原來的節奏。

旅程的下一站，我們來到大阪探望青藏旅遊時認識的慧珍，沒想到離西藏之行不到一個月，這麼快又碰面了。她在大阪開設中醫診所，是當地著名的針灸醫師。

慧珍跟她先生都來自台灣，早年一同到日本留學，學成後一直留在日本行醫修佛，放棄了接手家族集團的生意。從她身上，我看到人如何捨下物質上的虛幻追求，轉而追尋內心的快樂滿足，如何透過修行來提升自己的靈性與智慧。

對於我來說，佛教不是唯一的道路，其實只要真心的走，我相信每一個宗教最終都是向著同一個目的地。而我選擇了非特定的宗教，既然都是一樣的，何以執著在哪一條道路上？**只要傾聽內心的聲音，道路便會在我眼前出現。**

我們來到慧珍的診所作客，順道也替 Ann 治療感冒。

「我送你們一樣非常珍貴的東西。」慧珍從佛壇取出兩個小玻璃瓶子。

「這是仁波切送的甘露丸，是在重要時刻用的。」慧珍把裝著赤色小藥丸的瓶子拿給我們。

「在重要時刻用的？」我好奇的問。

「甘露丸是西藏密宗的神聖寶物，相傳內裡包含了珍貴的藏藥與舍利。煉製過程非常殊勝，寺廟的壇城裡供著裝盛甘露母丸的瓶子，寺廟的喇嘛需誦經七七四十九天，期間甘露子丸便會從瓶子裡增生滿溢出來。傳說甘露丸有神奇功效，不但能治癒惡疾，還能清淨一切業障，助人修身成佛。」慧珍解釋說。

「因為仁波切知道我是行醫的，所以特別給我，讓我幫助有需要的病人。但不知什麼原因，這幾年間寺廟裡的甘露丸已沒有再增生，我就只剩下這幾瓶了。」

「那麼珍貴的東西，我們不能收。」我婉拒慧珍的好意。

「這是緣分，也許日後你們能用它幫助更多有需要的人。」

我不知道為什麼慧珍說出這樣的話，但卻覺得那話中像帶有某種隱喻，我們最後還是接受了。我把玻璃瓶子放在燈下觀看，這七顆直徑不到兩毫米的赤色小丸，到底蘊藏了什麼樣的神祕力量？

當天晚上在旅館裡，Ann 的感冒忽然變得嚴重，午夜時開始發起高燒。

「要不要試一顆甘露丸？」我看著 Ann 難過的表情。

「我從小就是個身體不好的藥罐子，我來試驗新藥也是理想人選。」

「還是我先試驗一下，確定沒有問題後妳才用。」

「如果大家都倒下了，那誰負責找救援？不用擔心啦，我什麼稀奇古怪的藥都試過了，還不是活到現在。」

「我從天上掉下來也摔不死，生命力應該比你強，就算中毒也可以撐久一點。」

「好啦，不要再鬧了，說得好像要殉情一樣，幫我倒杯水好嗎？」

我到櫃台要了一杯熱水，把其中一顆甘露丸放進清水裡，甘露丸以緩慢的速度溶解下降，體積逐漸縮小，最後瓦解成微細的碎片。瓶子裡的水依舊保持原來的清徹，並沒有被染成紅色或其他顏色，也沒有發生任何化學作用的跡象。

Ann 把水喝下後，便躺在床上休息，不到十分鐘便沉沉的入睡了。每隔十分多鐘，我便去查看她的狀況，確定沒有異常的變化。

為了打發時間，我拿起三島由紀夫的小說來讀。火燒金閣寺的僧侶本欲自我了結，最後卻選擇繼續活下去；今生對於美的愛恨執著，若未學會今生放下，來世還是會落入同樣的無明，所以才再給自己一個脫離輪迴的機會吧！

大概兩小時過後，我也睡著了。醒來時大概是七時多，給 Ann 弄醒的。

「妳還好嗎？身體有沒有感覺好一點？」我問。

「昨天晚上一連做了好幾個夢，每一個夢都是在反映自己生活不同的層面，包括愛情、事業、學業和健康。雖然每個夢的內容都不盡相同，但我發現，當中傳達的訊息都是一樣的。」

「是什麼樣的訊息？」

「應該說，對我個人含有特別意義的訊息，因為那些夢都反映一直困擾我的核心問題。其實重點不在問題本身，而是我個性與價值觀上的某些執著，只是透過生活不同層面、不同形式展現出來，但當中的本質都是一樣的。」

「擁有相同本質的不同問題。」我重複。

「**可以追求，不可強求**。那是對我很重要的訊息。」

「我大概懂你的意思。那妳身體好些了嗎？」

「感冒症狀好像退了。也許這是生病的另一層意義。疾病本身有時只是擔當傳達訊息的工具，當內在的訊息沒被察覺，或是內心的呼喊沒得到回應時，身體只好透過這種極端方式與我們溝通，只要我們聽懂了當中的訊息，疾病的功能得到滿足，身體自然會不藥而癒。」

「就像心理學上所說的身心症一樣，這是心理透過身體在說話。」

「所以我覺得甘露丸治療心靈多於身體層面，很神奇的東西。」

隔天跟慧珍告別後啟程返港，飛機降落已是晚上的九時半了。離開機場時，Ann取出托運行李中的小藥瓶子，想放回手提包包裡。她突然轉頭望著我，瞪大了眼睛，我湊近一看，赫然發現甘露丸數目改變了。本應只剩下六顆赤色小丸子，但我們反覆點算，確定數目成了十一顆。對於甘露丸的突然增生，我們不知所措。機場離家約一小時的車程，回到家中再點算甘露丸的數目，現在增加到十二顆了。我真不明白甘露丸是如何分裂增生的，簡直就像看魔術表演一樣。

我把小瓶子放到寶瓶上，點燃一根蠟燭，關掉電燈。當眼睛逐漸習慣黑暗，我開始在寶瓶前做月禪，和以往不同的是以蠟燭代替月亮。我雙手結著手印，口中唸誦心咒，集中精神凝視火焰。

那熟悉的高頻音波開始在房間迴響，本來穩定的火焰此刻搖擺起來，火焰像被無形的力量牽引著，指著寶瓶的位置。我聽到了非常微細的聲音從小瓶子裡發出，感覺上瓶身也隨之輕微的晃動了一下。之後，整個房間突然回復原來的平靜，火焰不再擺動，只是安靜地燃燒。

我把蠟燭吹熄，打開電燈的電源。如我預期，甘露丸真的增生了。現在的數目是十三顆，加上Ann之前服下的一顆，甘露丸整整地增生了一倍，從原來的七顆變成十四顆。

隔天早上，我打電話給慧珍，把甘露丸增生的事情告訴她，她的驚訝從電話中可以感受到。這些甘露丸存放在她那裡已經好幾年了，但不論數目或大小，從沒發生過任何改變。

當天晚上，我看著甘露丸良久，然後作了一個決定。我倒出其中一顆，放在礦泉水瓶裡，甘露丸一邊下沉，一邊慢慢瓦解溶化。大約十五分鐘後，我打開瓶蓋把水一飲而盡，然後走到天台上，在月光的照耀下禪修，進入了深度的催眠狀態。

我看見一條長長的迴旋樓梯，樓梯以優雅的弧度往地底延伸。我沿著扶手，小心翼翼的向下走去，木造的台階發出沉重的敲擊聲響，聲響彷彿也順著樓梯被吸進深深的地底去。

由於沒有樓層的標示，我也不知道跟地面有多深的距離，只知道樓梯突然在一個轉彎處停下來，前面是一條狹長昏暗的走廊。走廊的寬度就只夠一個人通過，四周沒有裝上任何照明的器具，唯一的光線來源，就是從身後的那座樓梯透出來。走廊的盡頭是一道門，上面沒有門牌，沒有門把或鎖頭，也沒有任何多餘或必要的裝飾。

我停頓在門前，側耳傾聽門內的聲音，可是我並沒有聽到任何聲響。我輕輕推門進去，隱約看到門後放了一張椅子，應該是說輪廓看起來像椅子的物體，那已是身後微弱光線所能及的最遠處。

雖然眼睛習慣了黑暗，但是在完全看不見房內的情況下，我只能走到椅子那裡。

「坐下來吧。」聲音從椅子前方發出，就在觸手可及但眼看不見的前方。這是非常熟悉的聲音，可以肯定是我認識的人，只是一時想不起來是誰。

「這裡是什麼地方？你是誰？」我憑著雙手的觸摸，小心地坐在椅子上。

「是你來找我的。我一直躲在屬於我的地方，安分的在黑暗裡待著。」熟悉的聲音說。

「我們本來是一體的，但是很久以前，我們的心一分為二，我從你身上割裂出來了。你住在光明，而我活在黑暗。」

「我不明白，為什麼我們的心會分裂為二？」

「神創造宇宙天地，然後創造了人類。亞當與夏娃本來快樂自由的在伊甸園裡，過著無憂無慮的生活。有一天，他們受引誘偷吃了分辨善惡樹上的禁果，眼睛便明亮了，看見自己赤身露體，感到萬分的羞恥。當人類開始懂得判斷是非善惡，從此生了分別心，便被神逐出了伊甸園。他們純然的本心也跟隨一分為二，分成了光明之心與黑暗之心。不同的宗教與文化，也存在許多類似的故事。」

「所以光明與黑暗之心本為一體，並無善惡之別。」

「那是純然的本心。」聲音說。

「怎樣才可以找回純然本心？」我問。

「你必須要跟我結合。在那之前，先要找回黑暗之心。」

「找回黑暗之心。」我喃喃重複著。

「就在觸手可及但眼看不見的地方。」聲音說。

我本想繼續查問有關黑暗之心的事，但門後突然有一道強光照射過來，整個房間燈火通明。我看見了眼前的景象，在我伸手可及的正前方，同樣地放著一張椅子，座位上卻空無一人；當我低頭往下看時，我看到了我的影子。就如往常看過千百遍的影子，顏色與形態一點也沒改變，但是此刻的影子並不是跟我緊緊的相連在一起。我們之間有著一道非常微細的裂縫，微細得連眼睛也看不清，但是卻可以清楚感覺到當中的分離。

那道強光把我帶回清醒的狀態。我慢慢張開眼睛，看見分離的影子，他的心被光明所吞蝕了。

第二天下午，我跟 Ann 在大學的星巴克喝完咖啡，沿著校園的小徑並肩地走著，黃昏的斜陽把我倆的身影拉得長長的。和以往不同的是，我的影子和我的步履之間，多了一道裂縫。

「有發現影子有什麼改變嗎？」我這樣問。

Ann 看著自己的影子。「你是說我變胖了嗎？」

「我是指跟影子的距離。」我連忙補充說。

「我不明白，影子不是跟身體連在一起的嗎，怎麼會有距離？」Ann 一臉疑問。

「應該是連在一起的。」我沒有把看到影子裂縫的事說出來，也許這樣的現象只會向當事人顯現而已。

「妳覺得人的本性是好的還是壞的？」我問。

「不是好的也不是壞的。」Ann 回答。

「我也是這樣想。人有多善良就可以有多邪惡。在死因調查的工作裡，我看到人光明至善的一面，也看到人黑暗至惡的一面，我們彷彿同時是神也是魔。」

「你好像從日本回來後變得怪怪的，先集中精神把畢業論文做好吧，我們只剩下不到半年的時間。」Ann 緊握著我的手。

「妳說得對，現在最重要的是把畢業論文完成，這將會是非常艱鉅的挑戰，妳我跟影子，我們四個一起努力吧。」我和 Ann 手牽著手，在溫暖的夕陽下一起散步。

此刻，Ann 的影子也牽著我的影子，透過我們倆的手，我和我的影子間接地暫時再度相連。

我需要借助影子的力量，找回失落的純然本心。

第十二章／天使與魔鬼

當真心真意追求某樣事物時，整個世界都會聯合起來幫助你。

為了撰寫畢業論文，我預估約需四個月的時間。首先開始著手整理堆積如山的資料，挑選參考文獻，光是預備工作便花掉了兩個星期。

今天我將啟程飛往南方，應朋友之邀為他進行一個月的治療。

他的居所位處熱帶小島，環境清幽寧靜，四周都被大自然環抱著。我最喜歡的是他家的後花園，綠草如茵連往私人的浮台碼頭，泊著一艘白色的舢筏。置身於此，不其然讓人有一種放鬆的感覺。

我採用的方法一半是屬於正統的心理治療，包括認知和行為療法；而另一半則是非主流的靈性治療，有催眠、花精和能量療法。我每天大概花一個小時作治療，其餘的時間，我都是坐在這個後院撰寫論文。

第一天的能量治療後，朋友的反應跟 Ann 有些相似，他激烈地嘔吐了好幾次。嘔吐過以後，身體雖然比較虛弱，但卻變得比之前輕鬆舒暢多了。在同一天裡，我亦動筆開始了論文的第一頁，那是一個月圓的晚上。

就這樣過了一個月的時間，每天的治療與寫作成為了我生活的全部。我跟外在世界完全的隔絕，從午夜到破曉，看著日落日昇，潮漲潮退。忽然間，我覺得存在與消失之間的界線變得很模糊，若我就這樣消失，對身邊人的生活應該沒太大的影響。

一個月的治療結束後，我返回香港，一回到家就倒頭大睡，彷彿進入了冬眠狀態。第二天起來時，重新收拾行李，背著一大堆資料前往機場，搭上了往台北的最後一班飛機。

「治療與論文順利嗎？」Ann在入境大堂接過我的行李。

「兩方面都有個好的開始，進展也順利。為什麼妳看來好像很睏的樣子，最近睡很少嗎？」

「剛好相反，最近一直在睡覺，從早到晚，大部分的時間都在夢鄉裡。」

「怎麼了？」我擔心的問。

「我從小到大都是這樣，問題與困難都是靠睡覺來解決，彷彿睡眠時腦袋運作比清醒時有效的多。入睡前，只要把問題整理好，醒來後便會得到啟示與方向。」

「很厲害的潛意識運用，怪不得妳從小到大都是拿第一名。」

「現在我的論文進行到最困難的階段，沒辦法，只好睡多一點。你這次打算在台灣停留多久？」Ann問。

「一個月。希望可以完成論文的第二部分。」

「雖然這裡不若小島遺世獨立的清幽，但也許具有文藝氣息的咖啡館可以帶給你另類的靈感。」

接下來的一個月時間，我住在Ann鄉郊的房子，每天醒來便到附近的小咖啡館寫論文。爵士樂與咖啡香成了我寫作的靈感泉源，而我更像咖啡館的一件固定擺設更甚於一個客人，店關了便回到住處繼續寫作，直至月亮消失在晨光裡，我才悄然入睡。

離開台灣的前一晚，我開了一瓶布根地黃金山丘的黑皮諾紅酒，獨個兒坐在屋外的長椅上跟影子對飲，享受深夜的寧靜。

在刺眼的水銀街燈下，影子顯得格外鮮明，那一道細小的裂縫也如常的分隔著我們。正當我看得入神時，忽然間地上飄來一團龐大的黑影，那黑影在地上來回迅速移動，把我嚇了一跳。然後我才發現那是一隻巨蛾的影子，巨蛾不知從那裡飛來，被水銀燈的強烈光線深深吸引著。牠不時大力的撞向水銀燈柱，發出陣陣敲擊的聲響，打破了寧靜的夜。

我看著巨蛾，起初還以為牠只是無意識地不斷飛撲向水銀燈，但卻慢慢發現牠的飛行動作帶有某種旋律性。當我朝地面上看時，巨蛾的影子在舞動著，大地彷彿變成了投影的屏幕。巨蛾的影子有節律地來回旋動，飛躍的動作優美俐落。雖然我的影子是牠唯一的觀眾，但牠還是賣力的表演著。

大約十分鐘過後，巨蛾的影子忽然停止舞動，應該說巨蛾不再拍動翅膀，從半空中墜落在地面，完全靜止的躺在那裡，跟牠的影子一起躺在那裡。

也許巨蛾的一生都在尋找與等待，表演這十分鐘完美的舞蹈，既是牠生命的意義，也是牠生命的本質，這當中並沒有價值的高低。我將杯中的酒一飲而盡，表示對巨蛾的欣賞與謝意。

只有跟影子結合，才能將生命燃燒，是這意思嗎？

第二天中午，我跟 Ann 吃了頓豐富的台菜，然後逛逛書店，給自己放了一天遲來的假期，之後趕上黃昏的飛機回港。我翻開行事曆，計算餘下的時間與論文的進度。接下來的一個月，我將會在大學的圖書館，完成最後三分之一的論文。

雖然大學圖書館缺少小島的清幽寧靜，也沒有台灣的閒適自在，但是我對香港卻有一份親切的感覺。這所大學有熟悉的喧鬧，習慣的擁擠，卻是我成長的地方，連繫著許多回憶與經歷。從這裡開始的，也將從這裡結束；我希望帶走的，不是知識，而是智慧。

這段時間一點也不容易過，面對漫長的孤獨與無止境的書寫，放棄與偷懶的念頭不時來襲，有時甚至對那些數據與辯證感到異常的厭惡。為了減低鬱悶的心理，晚餐時我常偷偷帶著便當，溜進附近的電影院看戲，這能讓我短暫的從現實世界中逃離，而不會影響寫作的進度。在這短短的一個月時間，我所看的電影數目已經差不多是過去一年的總和。

今晚是我留在大學圖書館的最後一夜，恰巧學校的期末考也將在明天結束。凌晨三時多的圖書館讓人感覺熱血激昂，我像是這裡的王，整棟圖書館彷彿變成了我的國度，書架上的圖書都是我所擁有的資產。有的國民還在奮力戰鬥，有的已經不支倒下，經過連日來的戰爭，留在前線的已經寥寥無幾。當太陽昇起時，這裡的一切將會結束。

時鐘正指六時，圖書館的音樂鈴聲響起，那熟悉的廣播以不變的聲調宣布休館。我把剛剛完成的論文存檔，收拾好帶來的筆記，喝完最後一口咖啡。雖然還沒有看到太陽，但光線照進圖書館的天井，從那裡可以清楚看到天空，清澈的淡藍色。從開始撰寫論文的那日算起，這是第一百零八個清晨。

我是最後一個離開圖書館的學生，離開時一點興奮的感覺也沒有，反而伴隨一份不捨的懷念，就這樣告別了十六年裡陪伴我一起成長的圖書館。

論文提交的程序，很順利地獲得教授的認可，在某些細微的部分適當修改後，便呈文到評核委員會去。我的畢業口試被安排在六月，碰巧的是，Ann 的口試也是被安排在同一天裡。那日早晨，我和 Ann 相約在大學的星巴克用早餐，然後步入各自的戰場，通過口試的考驗。我們在同一天裡，一起牽手完成了學業。

意外之後的第六年，我實現了最後一個夢想，那等待點燃的第十根火柴。

大學的畢業典禮安排在三個月之後，在這段等待期間，Ann 到台灣和美國休養生息，我則如常地回到工作崗位。不用唸書的日子，我的生活變得比從前輕鬆多了，我可以重拾自己喜愛的小說，把月禪時得到的靈感進行試驗，朋友們都戲言，我以土法煉鋼的精神在進行能量科學實驗。

有天下午，我接到 Sharon 的電話。她是個護士，對於宗教靈異之事非常熱衷。早前她幫助了一位玉石買賣的朋友，為了表示答謝，朋友特別送她一幅珍貴的唐卡及一對銀鐲。據說這是多年前從一名西藏高僧得來的。

「高僧曾囑咐我的朋友，要把這些物件交給將來幫助他的有緣人。但當我揭開唐卡的蓋布時，感覺畫中的神祇有點可怕，神祇膚色深藍，三眼怒目，口露獠牙；戴著以骷髏頭做的頂冠，手中拿著噴有火焰的利劍。我感到渾身不自在，不敢把它擺在屋裡。」Sharon 說。

「聽說藏傳佛教裡，有些神祇是以這種憤怒的形象展現的，目的像是要降魔伏妖。」我解釋著。

「但我屋裡並沒有什麼妖魔鬼怪。我想你在死因調查的過程裡，常常會接觸到一些邪門妖道，所以想把唐卡轉送給你，或許你可以把它掛在辦公室裡作為避邪之用。」

「但那是朋友專程送妳的。」

「如高僧所說，最重要是把它們交到有緣人手裡，當我看到這唐卡，不明所以地讓我想到你，好像你們之間有某種連繫一樣。還有，你不是也在尋找法器作能量實驗嗎？這對銀鐲也許也在等待著被發掘呢。」

「你的意思是說，你在尋找東西的同時，東西也在尋找合適的主人嗎？」

「那是緣分。」Sharon 笑笑地說。

我從 Sharon 手中接過那幅唐卡與那對銀鐲。唐卡的尺寸比我想像中大上許多，畫中的神祇就如 Sharon 所說，形相攝人，小孩子看到應該立即會被嚇哭。但是我卻從那裡感覺到一種強大的力量，相較於寶瓶，是性質非常不同的能量。

至於那對銀鐲，正好符合我的需求，可作為盛載能量的理想法器。這對銀鐲各自有八種不同的圖案，手工非常精細巧妙。

我翻查宗教藝術的書籍，發現手鐲上的圖案原來是八種藏傳佛教的吉祥物，包括寶瓶、寶傘、法螺、法輪、雙魚、蓮花、如意結與勝利幢。兩隻手鐲雖然從外表看上去是完全一模一樣，只有尺寸的些微差異，但戴在手中的感覺卻是完全不同，就如寶瓶跟唐卡兩種極端的屬性。

自從找到天地之心後，我明白到天地宇宙間的能量屬性與本質，予以運用便可改變人的氣場與環境的磁場，平衡調和當中的地、水、火、風、空五大元素。現在做月禪時，我不再需要尋找月亮，或藉著寶瓶打開能量之門，我只需要靜心內觀宇宙大地，天地之心便會出現。

當我戴著那對銀鐲，感受天地之心的同時，嘗試將能量引導到手鐲之上。之前我曾以不同的物件作試驗，可是一直沒有成功，感覺上那些物件跟我之間欠缺了某種重要的連繫。起初我並不明白那是什麼意思，後來的一個夢，我才理解當中的關聯性。

在夢中，我回到了兩年前在新加坡的射擊比賽，那是我職業生涯中唯一一次參加的國際性賽事，玩票性質的我竟以優越的成績拿了三面射擊金牌。對於嚴重肢體受傷者來說，那是真的跌破他人眼鏡，連我自己也有些不能置信，那一陣子身旁的朋友都戲稱我為「殘而不廢神槍手」。

但是在夢中，我卻完全發揮不出應有的水準。我緊握著槍柄，全神貫注地瞄準目標，慢慢調整呼吸，以均勻的力道扣動板機。撞針清脆的打在子彈的底火上，發出爆炸的聲響與火光。子彈朝目標高速地前進，可是卻一次又一次的從目標旁飛過，就只差一丁點的距離。不管我發射多少子彈，那人形標靶還是聞風不動，絲毫未損。

我氣餒的放下雙手，看著自己手中的槍，才忽然意會到那不是我慣用的手槍。雖然外表與槍身編號並沒有任何改變，但從手槍的觸感我可以清楚判別，那不是我的手槍，我跟它之間並沒有默契與連繫。

之後，我並沒再以任何東西作試驗，只是一直在尋找與等待屬於我的東西。我相信，**當真心真意追求某樣事物時，整個世界都會聯合起來幫助你。**這對銀鐲就是像聽到我的呼喚一樣，輾轉地來到我的手裡。

當戴著這對銀鐲做月禪時，我感覺手鐲跟我的身體互相連結，能量流向並沒有受到任何阻隔，我首次成功把那能量引導到身體以外的物件上。

我花了大概一個月的時間，把它們重新煉成一對注滿能量的手鐲。但奇怪的是，兩隻手鐲各自泛著不一樣的光芒，不只光芒的顏色不同，連所發出的聲音頻率也都不一樣。

嚴格來說，兩隻手鐲所擁有的能量強度是相等的，只是能量的性質不一樣，甚至可以說是相反的。若以陰陽來作比喻的話，一個具有陽性特質，一個具有陰性特質。兩者的屬性雖然是看似對立，但卻非位於同一尺度的兩端，而是各自作為兩種不同的尺度，所以兩者並非此消彼長的組合，只是純粹在性質上的不一樣而已。就像一個出色的芭蕾舞者，他或她的肢體必須同時具備陽性的肌肉力量和陰性的柔軟線條。

當兩隻手鐲靠攏在一起時，光芒與音頻卻出奇的和諧，更有一種說不出的共振合鳴感覺。雖然當中的任何一方皆為獨立而完整的存在，但只有在兩者並存時才能產生完全的圓滿。

我把大的手鐲靠近寶瓶，發現它們的屬性是一樣的，而小的手鐲卻跟唐卡的屬性相同，好比各自代表光明與黑暗的力量。

第十三章／魔鬼的手鐲

看見天地之心與純然本心，才能找到回去的道路。

我正想把手鐲的事情告訴 Sharon，卻沒料到電話裡傳來她受傷的消息。

「大約三個星期前，當時我在病房當值夜更，剛替病人完成例行巡查，時間大約是半夜三點。我回到自己的座位上，突然聽到有人按門鈴的聲音，心想這麼晚了是誰。於是我打開門查看，門外卻一個人也沒有，長長的走廊空空如也。

「起初我還以為是自己的錯覺，但是過了十五分鐘後，門鈴又再響起來，而且響得比之前更急促。我走去應門，但發現門外根本沒有任何人的踪影，我心裡感到一陣寒意，趕緊把門關上。類似這種怪異的事情，偶爾也從同事口中聽聞過，但親身碰上的卻是第一次，所以還是有點驚慌。

「那時我聽到一陣像風的聲音。之後我返回自己當值的座位，坐下來時卻一屁股摔在地上，椅子像被人從後拉走一樣。在這裡工作了這麼多年，這種事情還是第一次發生，心想真是見鬼了。」

「妳當時摔得很嚴重嗎？有沒有立即去看醫生？」

「當時只感到一陣痛楚，並沒有什麼大礙，很快便站起來繼續工作。直到下班後，覺得脊髓末端有些刺痛，雙腳有點麻痺。沒想到情況愈來愈嚴重，疼痛與麻痺的感覺不斷加劇。第二天一早便被送進了急診作詳細檢查，所有檢查結果均屬正常，並沒有找到任何嚴重創傷。但情況並沒有改善，止痛藥的劑量不斷增加，下肢乏力，連遠一點的路程也走不了。」

「或許我可以給你一些建議，我現在過去看看你好嗎？」

我約了 Sharon 在她家附近的咖啡店見面，離家前我替她占了一個卦。不祥的卦象，大意是說有魔障纏身、風邪入體，但一切皆有因果。如要化解，必須以善報善，以魔制魔。

我看到 Sharon 時有些驚訝，一個月前的她還精神奕奕、容光煥發。但如今她不單面容憔悴，身體也消瘦了許多，走路時還需依賴枴杖。但最讓我不安的，是她身上附著一層淡淡的陰邪之氣，這種氣息有時會在死於非命的屍體上看到。

「你的氣色很差，好像傷得很嚴重。」

「我也不知道到底怎麼一回事，專科醫生已經看了好幾個，能做的檢查都做過了，但就是找不出確實的原因。我這三星期都是靠吃止痛藥度過的。現在雙腿麻痺無力，我很擔心能不能治好，我不想一輩子這樣過。」

「我明白妳的感受。我當初受傷的時候，也有這種絕望無助的感覺。但你看我，現在不是康復了嗎？生病的過程總是消磨意志，不要氣餒與放棄。」我鼓勵她。

「我在醫院裡看的太多了。很多病人一直堅持不放棄，但到最後能康復的又有幾個?!」Sharon 低著頭默默地說道。

「最近你有碰觸過死人嗎？」

「我是在老人病房工作的，差不多每天都有病人過世。」

「我指的不是因病自然過世的病人，而是像自殺或意外的那種。」

「說起來好像有一個。大概兩個月前，病房來了一個脾氣古怪的獨居老人。老人無親無故，被送進來時，右腳有一道很深的傷痕，但因糖尿病的關係，傷口久久不能癒合，甚至已經開始潰爛。醫生要幫老人截肢保命，但老人不肯接受手術，一直嚷著要出院回家。他不肯進食，連藥物治療也拒絕接受，不斷大吵大鬧要離開。他的情緒與身體狀況非常不穩定，加上他缺乏自我照顧能力，院方不讓他自行離開。

「那星期我剛好值夜班，有一天的午夜，老人按動床上的召喚鐘，我以為他發生了什麼狀況，趕緊去查看。老人當時坐在床沿，一看見我，便苦苦哀求要我讓他離開，好像說他有未完成的心願，不可以死在這裡。我耐心地對老人解釋，但他不肯聽堅決要走，後來強行下床便摔倒在地。為了安全起見，我別無選擇，只好把他綁在病床上，他不斷掙扎，怒吼了一整個晚上。

「第二晚值班時，老人還是動彈不得的被綁在床上，同樣的大吵大鬧了整夜。直到第三晚，老人變得出奇的安靜，我幫他例行檢查時，他什麼也沒說，只一直以怨恨的目光瞪著我。其實我心裡很難過，也不想這樣對待他。我的職責是拯救生命，但到底又有誰真正有權決定自己的生命呢！」

「我明白你們兩人的感受。其實我也有過這樣的經歷，寧願死亡也不要接受手術，我想當時也十分為難救我的醫護人員。或許我可以以病人的身分，代老人向你說聲謝謝與對不起。」

「希望他真的可以明白。」Sharon 眼泛淚光。

「後來老人怎麼了？」

「第四晚值班時，我發現老人的病床空無一人，細問下才知道老人那天黃昏已經過世了。之後病房一切如常。」

「話說回來，出門前我幫你占了一個卦，是天魔卦。魔羅天魔已出現，所占皆見不吉祥，恰如火燒新房屋，占者難免心憂煎。」

「好像是很不好的卦，你什麼時候學會占卜的？從來沒有聽你提過。」

「那是文殊三十六卦。**其實當你能用內心的眼睛看清這個世界，你便能解讀宇宙大自然給你的信息，所謂占卜也是一樣。**」

「說到文殊菩薩，我問了那位送我唐卡的朋友，才知道唐卡裡的神祇，原來就是文殊菩薩的憤怒相，你好像跟文殊菩薩很有緣分。我現在應該怎麼辦，真的有妖魔鬼怪纏身嗎？」

「我會以科學的角度去看，可能只是一些負面的能量，如所謂的怨氣、怒氣和邪氣等。妳的身體被這些負面能量侵襲，因而作出了現在的反應。或許我有辦法可以幫妳，但是這辦法裡的某些地方我還沒有完全理解，你敢不敢嘗試？」我隱晦地說。

「反正連自殺也想過了，沒有什麼好怕的。」

我從袋中拿出兩個盒子，盒子裡裝著的是 Sharon 送我的那對銀鐲。我讓 Sharon 把兩手張開，把銀鐲放在 Sharon 的手上。如我所料，只有小的手鐲與 Sharon 產生一種微妙的共振，或可以說兩者間的能量頻率是同源的。

「這隻手鐲或許可以幫妳化解身體裡的負面能量，它跟妳一樣帶著相同屬性的能量。它會將潛藏的負面能量釋放出來，然後以同類療法的原理，以毒攻毒，以魔制魔。」

「就像魔鬼的手鐲。」Sharon 比喻說。

「妳也可以這麼稱呼它。但我要先說明，我只是剛剛完成能量灌注的部分，還沒有清楚了解它可能引致的身體反應，也沒有進行過任何測試，所以可能存在一定的風險。」

「我不怕，你不覺得整件事情像早有註定嗎？如高僧所囑咐的，把銀鐲交到幫助你的有緣人手裡，對我來說，你可能就是那個有緣人。我幫助朋友所以得到它們，你擁有它們是為了幫助我。」

「這是卦象所謂的因果，所謂的緣分。」我答道。

臨離開前，Sharon 把魔鬼手鐲戴在手腕，然後拄著枴杖蹣跚離去，我把另一隻手鐲放回袋裡，點了續杯的咖啡。

第三天早上，我接到了 Sharon 的電話，她以疲倦惶恐的聲音跟我說，昨晚發生了一件恐怖的事情，她已取下魔鬼手鐲放回原本的盒子裡。

我們相約在上次的咖啡店見面。跟三天前一樣，Sharon 依舊拄著枴杖。但她面容看來比之前更蒼白憔悴，好像曾經受過驚嚇的樣子，眼神空洞，說話時嘴唇微微地顫抖著。但是那層籠罩她的死亡之氣卻消散了。

「是跟手鐲有關嗎？」

「我把手鐲還你，我不希望再見到它。」Sharon 把裝著魔鬼手鐲的盒子退回給我。

我把盒子打開，看見裡面的手鐲嚇了一跳。

「怎麼會變成這樣，到底發生了什麼事情？」

「你先把盒子蓋上好嗎！我感覺渾身不舒服。」

其實不單是 Sharon，我也同樣地感到一陣暈眩的感覺，而這種負面能量是從盒中的手鐲發出的。我把這手鐲交給 Sharon 時，是閃閃發亮的，八種吉祥物的浮雕清晰可見；但現在的手鐲不但暗啞無光，浮雕的邊緣更褪色發黑，像經過長年氧化。除此之外，手鐲上更覆蓋著一層薄薄發光的黑色霧氣，就是這種能量讓人感到暈眩疲倦、心情沉重。

「我戴著手鐲的第一天，並沒有碰到什麼奇怪的事情，也沒有什麼異樣的感覺。但第二天起來後，我的心情開始變得沉鬱不安，腦子裡總是出現一些負面的想法，感覺旁人都是以鄙視嘲笑的目光看我。我沒有任何食慾，對所有的事情也沒有興趣。第三天的感覺更糟糕，我對康復完全失去信心，對未來生活感到絕望無助，整個人像被無力失重的感覺所侵襲。我彷彿聽到一個聲音，不停的叫我吞服所有的止痛藥，從這無盡的空虛痛苦中解脫。有好幾次，我發現自己手裡拿著大量的藥劑，像著了魔般坐著發呆，我也被自己這些不正常的舉動嚇了一跳。」

「對不起，我不知道會有這樣強烈的反應。」

「然後昨天晚上，發生了一件駭人的事情。當時我正準備睡覺，在浴室裡梳洗，又聽到叫我自殺的聲音。我胃部感到一陣翻滾，不住地劇烈嘔吐，身體也不禁抽搐起來。過了大約十分鐘左右，我停止了嘔吐抽搐，全身無力的趴在洗手台上。我抬頭往鏡子一看，鏡中的我面孔扭曲，雙眼深陷，表情陰森恐怖。那聲音對我說，毀掉這裡的一切，包括我自己。我走到客廳的佛壇前面，有一種莫名的衝動，驅使我將供奉的佛像摔毀傾壞。突然間，我感到手鐲一陣灼熱，手鐲就是那瞬間轉黑的。我非常害怕，立即脫下手鐲，把它關在佛壇的抽屜裡。對我說話的聲音消失了，但抽屜裡的手鐲卻發出奇怪的低鳴聲。我連忙跑進臥房，將自己鎖在房裡不敢出去，一直到天亮為止。早上的時候，我再次出外查看，奇怪的低鳴聲停止了，一切好像又回復正常。」

「發生這麼嚴重的事情，你應該早點告訴我。」

「雖然我不確定是否所有的事情都跟這手鐲有關，但我相信這手鐲從我身體裡喚醒或釋放了某些可怕的東西，也許是隱藏在心裡的負面能量。」

「對不起，這手鐲的魔性能量讓你受驚了。」

「不必道歉，你忘了這手鐲是我送給你的嗎？有些事情或許是因或許是果，是註定要發生的。不管如何，還是謝謝你為我所做的一切。」

「請相信我，你很快便會痊癒，像從前一樣愉快地走路。」我誠懇地說。

我是真的這樣相信，因為我再也看不見她身上的陰沉之氣。此刻她身上有著一種被沖刷過的清新，像洪水乍退的泥濘大地，將會再次孕育新的生命。

回家後，我花了好些時間清除魔鬼手鐲上的負面能量，將手鐲重新淨化。魔鬼手鐲恢復了它的閃亮，與擁有正極能量的天使手鐲互相共振合鳴著。

一星期後，我接到 Sharon 的電話，她以輕快的聲音說：「我已經不再需要依賴枴杖，痛楚與麻痺的感覺完全消失了。不單只這樣，我的身體比受傷前更充滿活力，思路也比從前清晰敏捷，真的是很神奇的改變。謝謝你。」

我並沒有說什麼，只是替 Sharon 的康復感到高興。其實我也一直在等著這通電話的到來，現在總算放下了心中的牽掛。

當天夜晚天空懸著一輪滿月，我走上天台，在月禪中與智慧老人開始對話，我詢問了有關影子的事。

「分離的影子就如把黑暗從光明中分割一樣，產生了神與魔、善與惡、陽與陰等等的對立性與分別心。只有把對立的兩者結合，才能與影子合而為一，回到生命原來的起點。尋回黑暗自性，與光明自性結合，最後的印記便會重現。純然本心就是封在最後的印記裡。」

「純然本心。」我說道。

「看見天地之心與純然本心，才能找到回去的道路。」這是智慧老人最後的話。

月禪做完後，我脫下天使手鐲放在寶瓶上，作了一個決定。我必須借助魔鬼手鐲的力量，尋回分離的影子。

第十四章／黑暗之心

釋放黑暗的同時，你也將被黑暗所釋放。

戴上魔鬼手鐲以後，總覺得眼前的景物變得有點朦朧，空氣像浮著一層薄霧，阻隔了部分的光線。基於好奇心，我翻查最近的天氣報告，紀錄顯示空氣中的懸浮粒子數量並沒有顯著增加，也沒有任何灰霾與煙霧的報告。也許這層霧氣只是在我身邊凝聚，有目的地籠罩著我。

如 Sharon 所說，魔鬼手鐲會不知不覺蠶蝕心情，令你對身邊的人和事逐漸失去興趣。我每天還是維持機械性的上班生活，一個人關在辦公室裡，以最短的時間完成限期迫在眉睫的工作。對於人死了還要處理一大堆所謂緊急與必須的事情，我開始覺得莫名其妙，這無意義的作業讓我感到厭惡。我發現正面的思想被徹底的覆蓋了，腦中浮現的都是負面的想法。我最常做的事，便是看著辦公室牆上的掛鐘，追隨著指針轉動，殺死多餘的時間。

在日常生活中，我盡量減少跟別人接觸的機會，避免不必要的對話與交流，遠遠地與人保持距離。下班時趕快回家，拉上窗簾，然後躺在牀上昏睡。直到午夜十二時左右，自然地被喚醒。

醒來的目的，是為了要在夜間走路。我跟隨著影子的腳步，在街上漫無目的行走。

有時候，影子得走上兩、三個小時才願意停下來。我們穿越過大街小巷，從喧鬧的街道走到寂靜的田野，從燈紅酒綠的酒吧到達四處無人的墳場，我們一起到過各式各樣奇怪的地方。但在那以前，影子一句話也沒有跟我說過。

由於生活時序的日夜顛倒，一星期下來，我的面容變得憔悴，體重也明顯的下降。我既沒有任何的食慾，也並不感到困倦，每日只以最基本的營養與休息，勉強地維持著生命的運作。

直到第八天的午夜，我跟著影子走到碼頭旁的一處地方，附近有一些零星的食肆與酒吧，但由於地理與交通的不便，這一帶的遊人並不多。影子在海旁的盡頭徘徊著，越過一條雙線單程的行車道，到達一個小小的公園。面對著海的方向，立著兩張木造的長椅，剛好眺望維多利亞港西面的盡頭。

在那兒，影子終於打破沉默，跟我說了第一句話。

「坐下來吧。」

影子指著其中一張椅子。這跟他初見面時說的第一句話一樣。除內容相同外，說話的方式與語氣也是一樣，省掉應有的稱呼，沒有多餘的禮貌客套，只是直接地傳達需要的訊息。

「我們每天這樣走路，有什麼特定的目的嗎？」我問影子。

「為了尋找合適的地方，這裡。」

「這個位置是合適的地方？」我再一次確認影子的意思。

「這裡是讓你尋找黑暗之心的地方。這個地方的磁場，在時間之流上產生一個缺口，形成一處時空交疊的異域，讓人可以自由穿梭於過去的記憶，如同快速進入深度的催眠狀態。」

「你的意思是說，黑暗之心埋藏在過去的記憶裡？」

「那是原來本性的一部分。**很久以前，純然本心被分割成兩半，向著光明的為善，背向光明的為惡，兩者互相對立並存，就像吃掉伊甸園裡的分辨善惡果一樣，從此世界的事物被重新分類定性。**」

我從口袋拿出一枚硬幣，朝上的那面是一朵洋紫荊，朝下的另一面則是數字。揭開硬幣的背面，重新認識黑暗的本性，因為這樣才能將兩者完美的連結，回到原本的起點，找到純然的智慧。

我把硬幣拋到半空，硬幣在空中快速地旋轉。此刻我看到的，不是硬幣的正面，也不是它的反面，而是兩者合而為一，含有數字的紫荊花。

「回到吃掉禁果之前，光明與黑暗還沒有被分割的時光，純然的本性就在那裡。」影子說。

「但怎樣才能尋回黑暗之心？」

「我已經幫你找到時間的缺口，釋放霧氣覆蓋了你的光明，接下來得借用魔鬼手鐲的力量，助你揭開被埋藏的黑暗記憶。」

我想到，原來眼前景物的朦朧，是影子的霧氣所造成，當光明被掩蓋，黑暗與負面的思想便可以自由遊走。

「萬惡皆為一體，不要被黑暗之心不同的面向迷惑。理解它們的差異，自然能夠找到它們共同的地方。當你能通過這考驗，釋放黑暗的同時，你也將被黑暗所釋放。」

之後一陣沉默，我們誰都沒有說話。我在思考所謂黑暗的不同顯現，那真正唯一的黑暗到底是什麼？

忽然間，我感到右手腕一陣微微的灼熱，那熱力是來自魔鬼手鐲。我看著手鐲上八個閃閃發亮的吉祥圖案，腦海裡閃過一個念頭。Sharon 之前說過，當內心的魔鬼出來時，手鐲會瞬間轉成黑色，那是手鐲吸收負面能量後迅速氧化的效果。我只要把心裡的魔鬼釋放出來，待魔鬼手鐲完全變成黑色以後，黑暗之心便會浮現。

我閉上眼睛等待，眼前的景象變成了小時候的學校，那是小學二年級的教室。

我回到了小時候，穿著夏季校服在聽中文老師的課。我坐在窗戶旁的後排座位，心不在焉地看著別的地方。沿著視線的方向，看見自己一直盯著同學桌上的一個東西，那是個塵封在記憶深處的鉛筆盒。

小時候有款鉛筆盒非常流行，筆盒上面附有一排不同顏色的按鈕，只要輕輕按下，相關的組成部分便會自動彈出來，活像一個裝了祕密機關的潘朵拉盒子。

我一直渴望擁有一個這樣的自動筆盒，曾多次哀求媽媽買給我，可是以家裡的經濟環境，根本沒有多餘的金錢購買這奢侈的東西。

這時下課的鐘聲響起，大伙兒都跑到操場上遊玩，而我留在教室裡裝作溫習功課。在沒有人注意的時候，我悄悄走到同學的位置，拿起別人的自動筆盒把玩。然後我看見自己偷偷地把筆盒藏在衣服裡，躡手躡足地走進學校的廁所裡，躲在其中的一間並趕緊把門鎖上。我把筆盒藏在抽水馬桶的後面，打算放學的時候回來取走。

過後我如常上課，但在快要放學的時候，訓導主任突然走進教室。他說有學生舉報東西不見了，懷疑是被班上的同學偷去，所以要搜查在座每個人的書包。訓導主任不斷威逼利誘盜竊的同學自首，但我沒有承認的勇氣，只害怕得不住顫抖。最後我總算僥倖地逃脫了，再也沒有去取回那個自動鉛筆盒。

那是我有記憶以來第一次的貪婪，首次把貪念付諸實行。往後的歲月裡，我還看到許多因貪婪所犯下的過錯。原來貪念真的可以無處不在，只要眼睛看到的，思想能及的，貪念便隨之而起。而且貪婪不僅只局限於物質，權力、名譽等非物質的東西也一樣能成為對象。我之所以貪婪，是因為我要更多，因為我不滿足。

我人生中最大的貪婪，要算是飛行意外前的那段投資經歷。當時我深深感到，單靠工作上的努力，改變不了現有的生活，要迅速提升生活的質素，必須採取更積極進取的方法。我一口氣把銀行裡所有的積蓄提走，投進瘋狂的股票市場。貪婪加上運氣，不消一陣我便賺了一年工資的回報。有了這次成功的經驗，我變得更膽大妄為，開始覺得努力工作是愚蠢的行為。

我把投資注碼不斷加大，賺取的回報亦不斷增加，短短半年，我的存款暴增了十倍。這時我開始意識到這種風險投資的極大危機，不安的感覺不斷加劇，正想要撤出這瘋狂的市場時，一個突如其來的消息改寫了整個結局。

我從股票經紀好友那裡得到一個內幕交易的消息，他所有的親朋好友也已押注了畢生積蓄。我考慮了一整夜後，決定賭最後一把，希望藉這最後交易賺到足夠金錢退休。結果股票漲了一天之後便一瀉千里，後來才知道是公司主席涉及經濟犯罪，被有關當局刑事拘留調查。我不單輸掉之前的利潤，最後連原來的本金也賠上。

重新經歷這些人生的起落時，我深深體會到自己貪婪的本性，貪婪讓我獲得更多更大的享受，但也讓我感到更多更大的不滿足。貪婪是好也是壞；成也貪婪，敗也貪婪。到底貪求什麼，什麼才是我生命中最重要的東西？「不知為何而貪」是非常愚蠢的事情，反被貪婪奴役駕馭更是可悲。

走出貪婪後，我像從白日夢醒來，四周無比的寧靜，一個路人也沒有。我看見腕上的魔鬼手鐲，第一個圖案轉成了黑色。

第二天的午夜時分，我跟影子回到同一個位置坐著。濃濃的夜色無邊，我掉入了回憶裡。

我看見小時候生活的屋邨，一幢又一幢密密麻麻的公共房屋，我在屋邨的公園裡走著，身旁還有人跟我在一起，是我的外婆。那一年夏天，外婆從大陸的鄉下申請到香港來探望我們，我剛好帶著外婆到公園散步。忽然間，我看到幾個班上的同學迎面而來，我立即甩開了外婆的手，向另一個方向跑開，裝著不認識她。因為害怕被同學取笑，害怕同學知道我有一個鄉下的外婆。同學們走遠後我跑回公園，看見外婆一個人坐在長椅上，外婆問我是不是嫌棄她，我十分慚愧的低頭不語。但外婆並沒有生氣，還輕撫我的臉，微笑地向我說對不起。回想起來，小時候常因家境貧窮，遭受同學的白眼或鄙視。學校旅行時，同學們都在玩掌上電子遊戲機，帶著新款的卡式錄音隨身聽，而我都只是安靜地看著他們炫耀。

初中時代我開始當家教老師，替小學生補習功課賺取額外的零用錢，為的是能與朋友們一起去打電動和撞球，不要被朋友們疏離。

這種隱藏的自卑後來成為了我的推動力，因為我明白到，在這個唯物主義的社會，人是不知不覺被劃分成不同等級的，不想活在別人的腳下，便得努力往上爬。我唯一的選擇只有考上大學，只要一不慎跌出這教育制度，我便永無翻身的機會了。所以即使沒有任何管束，我自覺地努力讀書，不讓自己成為別人的墊腳石。

由於學業上的成就都是靠自己努力爭取得來，自卑的感覺慢慢消失，換來的卻是傲慢。我開始相信自己的能力，深信自己比一般人優秀，更多的考試、更多的挑戰與比較，進一步證明我的與眾不同，我的出類拔萃。我自以為擁有淵博的學識，非凡的才智，上天能飛，入海能游。我享受別人稱讚的同時，心底卻是對別人的嘲笑。

然後，我再一次看到意外的發生經過。那天早上我駕著新型號的 PW5 滑翔機試飛，滑翔機的高性能讓我興奮莫名。原本為期三星期的高階飛行訓練，我只用了一個半星期便完成，但過度的自信讓我減少了危急處理的實習經驗。在第二次試飛的時候，拉動飛機起飛的鋼索給卡住了，飛機被拉扯得嚴重失去平衡，機翼喪失了應有的承托力使飛機急速下墜。遇上這種罕見的意外，即使經驗豐富的機師也不一定能救回飛機，更何況我的慌亂令決定變得遲疑，那不容許的遲疑造成了無可挽救的意外。

多年的努力，使我從一無所有到能與天比高；但一次意外，讓我又摔回一無所有。我的傲慢只不過是另一種自卑，填補缺乏的安全感。爬得越高，跌得越深；擁有的多，失去的也多。在無常的生命中，比較是無意義的。當我放開緊握的雙手，手鐲上的第二個圖案已不知不覺轉成黑色了。

第三個黑夜。

晚上的天氣十分悶熱，沒有一絲風，雲兒停止了流動，樹葉也不再搖擺，彷彿一切都靜止下來。我的心情剛好相反，變得比平常煩躁，血管裡的血液加速在流動，呼吸沉重起來。可是影子看起來跟前兩天並沒有兩樣，維持著平常冷酷的姿態，隔著那看不見的隙縫與我對坐著。

今天從早上開始便碰上很多不順心的事情。首先，開車上班時差點兒跟旁邊胡亂切線超車的貨車碰上，幸好我及時煞車，但卻打翻了咖啡，把地氈全弄髒了。回到辦公室後開了一個無聊的會議，表面上是為了關懷員工提高士氣，但實際上卻是發生問題推卸責任，以保護上級階層的利益。

下班前讀了本年度的個人評估報告，內容一如以往的空泛不實。自受傷以後，這些報告變得毫無意義，我的職業生涯已被劃了叉，因為別人看到的不是我的工作表現，而是我身上的殘障。這種歧視不公的現象並不只存在於現在的工作機構，而是整個社會普遍的眼光使然。

碰巧幾件不順心的事情再加上悶熱的天氣，所以心情變得浮躁。正當我有些坐立不安之際，不知從哪裡來了兩個染著金髮的青年，拿著滿袋的啤酒坐在我身旁的長椅上。他們一面高聲喧嘩一面喝酒抽菸，徹底地破壞了原來的寧靜。

煩躁的心情加上吵鬧的環境，讓我無法好好進入回憶，只好忍耐地等待兩人的離去。大概過了一個小時，兩人還沒有離開的意圖，更丟了一地的菸蒂與啤酒空罐。此時一個拾荒的老伯經過，他彎著腰一拐一拐從馬路的對面走過來，背著一個大尼龍袋子，裝著撿拾回來的空鋁罐。

老伯從地上撿起金髮青年丟棄的啤酒罐，一個一個的放進背上的尼龍袋裡。當他想拾起最後一個空罐時，較高的青年突然故意把罐子踢向另一人的腳邊，老伯撲了個空，轉身再向矮個子青年走去。但當老伯彎身時，矮個子再故意用力踢走。兩人不但戲弄老伯，還嘲笑他動作遲緩。我站起來拾起罐子，然後放進老伯的大袋子裡，老伯什麼也沒有說，步履蹣跚地離開了。

兩名金髮青年以非常不友善的目光瞪著我，還破口大罵我多管閒事，我並沒有理會他們，返回自己的座位上安靜坐著。對於我的不理不睬，兩人更顯得氣憤難平，矮個子更把手上的啤酒擲向我身旁，示意我把罐子撿起。我看一看兩人，彎身把罐子撿起來，拿著罐子深深的倒吸了一口氣，然後使勁地向矮個子擲過去，同一時間跳起揮拳衝向矮個子。兩人被我突如其來的激動反應嚇得目瞪口呆，還來不及反應，矮個子便中了一拳。高個子向我撲過來還擊，但我沒有閃避也沒有理會他，只是揮拳狂毆矮個子，直到矮個子血流如注倒地。高個子見狀，也不敢繼續向我糾纏，慌忙扶起矮個子逃跑。

我返回自己的座位上，擦乾淨自己臉上的鮮血，右邊的臉頰傳來一陣陣的疼痛。我不但沒有懊悔自己的衝動，反而感到心情出奇的平靜和諧。我閉上眼睛長長的呼了一口氣。

「暴力有時候還是需要的。」影子突然對我說。

「但我不喜歡以暴力的形式解決事情或發洩自己的憤怒。」我回答。

「如果不用顧慮法律的責任或道德的後果，你也反對使用暴力嗎？就像回到從前的年代，以暴力獵殺食物，以武力解決紛爭。」

「若用以保護生命，維持重要的和平公義，我並不反對暴力的使用。」

「雖然你可選擇不使用暴力，但卻不能控制憤怒的產生，因為兩者本來就是一脈相連的。」

如影子所說，不管我多豁達，還是無法壓抑憤怒的出現。這些年來雖然我甚少使用暴力，但心中卻積聚了許多的憤怒。這些憤怒有來自命運的不平之鳴，別人的侵犯歧視，與自己的無能愚昧。我們生活的世界，本來就充滿了各式各樣的危險，充斥著種種的不公不義，所以憤怒與暴力是與生俱來的自我保護機制，就像病毒入侵身體，免疫系統作出自然反擊一樣。

所謂合法地使用暴力，亦只不過是文明社會一種華麗的包裝，憤怒與暴力從來沒有法理依據，兩者只不過是一種本能的反應。但我相信，這天賦的本能不一定只適用在破壞與傷害上，同樣可以把它用在創造與建設上。

當我看著手上的鮮血時，眨眼間卻發現鮮血不見了。不只是這樣，就連之前打鬥的痕跡、散落一地的啤酒與菸蒂，都消失得無影無蹤。

正當我大感不解時，影子忽然對我說：「有聽過清醒的夢嗎？」

「我知道人在做夢時，會把過去零碎的記憶與壓抑的情緒，編寫進夢境的情節裡，潛意識透過真實的幻象，有效的把這些負面的情緒處理掉。但那只發生在REM（按：Rapid Eye Movement 的簡稱，指睡眠的快速眼動期）裡。所以剛才是我進入了白日夢的精神狀態嗎？」

「很深的白日夢狀態，跟睡眠時候沒有兩樣。」

「難道那兩名金髮青年與那老伯從沒有出現在這裡？」我吃驚地問。

「兩名金髮青年確實曾經出現過，但擾攘了半個小時便已離開。那老伯是你過去被欺負的重塑投影，至少那場打鬥，是用作釋放你的憤怒能量與積壓的負面情緒。」影子解釋。

所謂記憶這回事，也許跟幻象沒有太大差別，人總是分不清不存在的記憶與真實的幻象。

釋放了心中的憤怒後，心臟的血管像突然擴張起來，大量的血液流經心臟到達肺部進行氣體交換，充滿了氧氣的紅血球為身體每個細胞帶來新的能量。當血液流經我的手腕處時，魔鬼手鐲的第三個圖案亦染成了黑色。

第十五章／最後的印記

我是自我小宇宙裡的一輪明月，獨一無二地綻放絢爛光芒。

第四個午夜。

週末星期六的夜晚，路上的行人明顯地增加了，連附近的小酒吧也難得的熱鬧起來。在這個夏末初秋交替的季節，空氣中的炎熱潮濕消退了，迎來了陣陣清爽的秋風。

我獨個兒坐在回憶的椅子上。對我來說，週末與平日並沒有任何差別，在尋回黑暗之心前，我必須孤獨地面對人性的黑暗。

就在我感到有點寂寞的時候，一名青春可人的少女突然在我面前走過。少女大約二十出頭，束一尾長直秀髮，不但五官標緻，而且身材高挑豐滿。她穿著一件貼身的白色小背心，展現出美好的乳房形狀，領口處更露出一條深長的乳溝。她的下身是一襲格子迷你短裙，雙腿修長纖勻，腳下的紅色高跟鞋，散發出若隱若現的性感味道。

少女低著頭在我跟影子中間輕輕走過，在三個人身影重疊的剎那，時間像是忽然凝結了。少女身上淡淡的清香飄進我的鼻孔，那熟悉的味道與身影刺激著我的嗅覺神經，喚醒我腦海中的記憶：一個愛慕的故人。

少女走過我的身邊，像想起某些重要的事情，突然停下了腳步。她回頭看著我的影子，想了一想，然後開口問道：「剛才是你把我叫住嗎？我好像聽到有人呼喊我的名字。」

被這樣突如其來的一問，我呆了半晌答道：「應該是另有其人。」說罷我立即瞪向影子。「是你做的好事吧？」

「不是我，是你的潛意識向她叫喚的。」影子否認道。

「你好像在跟誰說話？另有其人，這裡不是只有我跟你嗎？」少女一臉迷惑。

「這個不好解釋，但也可以說是我把你叫住。」我不好意思的說。

「我們曾經認識嗎？我感覺剛才的聲音很親切，像是發自心底的呼喚一樣。」少女甜美的微笑道。

「我也有這樣的感覺，你跟我回憶裡的一個人十分相似。」

「我可以坐下來嗎？我從前常坐在這裡作白日夢的，這是一個做夢的好地方。」少女像回到家一樣撫摸著自己的椅子。

「是啊，這是一個特別的地方，有特別的事情發生。」我在想少女可能知道椅子的祕密。

「還有特別的人。」少女笑笑地看著我。

我們並肩坐著，享受夜晚的寧靜和陣陣的秋風。少女身上的香氣再一次讓我想起回憶裡的她。

少女拿起我放在椅子上的菸盒把玩，然後從裡面抽出一根細長雪白的香菸。她把香菸放進嘴裡，點起香菸深深地吸了兩口。

「不介意嗎？還給你。」少女把吸啜過的香菸送到我面前，雪白的濾紙上殘留她淡淡的紅色唇印。

我接過香菸深深地吸了一口，香菸的薄荷氣味混雜了她口中的唾液味道。這特別的味道在口中停留不退。我們輪流吸啜著同一根香菸，直至香菸燃燒殆盡為止，我們誰也沒說過話。

在少女撫弄秀髮的時候，我無意中看到她背上被髮覆蓋著的刺青，飛鳥圖案的刺青。

「你背上刻著的刺青是什麼？」我問少女。

「讓你看到了。那是我十八歲時偷偷弄上去的，給老爸發現時，挨罵了足足一個多月。那些是帶我飛翔的小鳥，你看到的只是其中的幾隻而已。」

「就像小王子一樣，拉著從小鳥吊下來的繩索，在宇宙太空中漫遊，飛到不同的星球旅行。」我說。

「你怎樣知道那是小王子的小鳥？我從小就這樣夢想著。」少女一臉驚訝的看著我。

「我從小就迷上小王子的故事，幻想著在天空裡任意飛翔。後來我真的學會了飛，只是不久之前從天上掉下來，受了重傷。」

「我可以觸摸一下你的疤痕嗎？我想感受你飛行時的感覺。」

少女輕輕撫摸我身上的每一道疤痕，那深情溫柔的觸碰帶給我心靈莫大的安撫，讓我全身酥軟起來。但同一時間，我卻感到陣陣的興奮，血液急速往下體流去，令陰莖迅速膨脹變硬。少女很快便察覺到我的生理反應：喉嚨的吞嚥聲與隆起的褲襠。可是少女並沒有因此停下來，她繼續輕柔的愛撫著我身體與心靈的傷口，像知道一停下來傷口便永遠無法癒合一樣。

少女把身體向我靠得更近，我可以呼吸到她的氣息與她胴體的香氣，聽到她乳房下起伏的心跳聲音。她彷彿在替我自瀆一樣，以她那溫柔纖細的雙手。我到達了興奮的高峰，身體一陣抽搐激烈的射精起來。直到我的身體完全平靜下來，少女才停止她的愛撫。

奇怪的是，我們完全沒有尷尬的感覺，好像那是自然不過的事情一樣。

「我可以看妳背上的刺青嗎？我想帶妳一起飛行。」我問少女。

少女像期待著的微微點頭看我，然後她把手伸進衣服裡將胸罩的扣子解開，將胸罩從衣服裡脫下來。她早已變硬的乳頭，從衣服外清晰可見。

少女從袋裡拿出一件小外套，覆蓋在自己的胸前，然後把小背心從後翻起。刺青從她的後頸一直伸延到腰間，如故事書上所看到小王子拉著飛鳥漫遊的圖案，簡單卻非常漂亮，像特地為配合少女而創作的圖畫一樣。

我把手指化作畫筆，沿著刺青的紋路，在她背上輕輕遊走，繪畫著小王子的刺青圖案。少女興奮起來，輕輕的扭動著身體配合我的動作，她把雙腿緊緊交纏來回的磨擦著。她的呼吸有著低鳴的呻吟，她的體香混合著濃烈陰液流出的氣味，少女正在進入高潮的狀態，全身不住的抽搐。

高潮過後，少女像癱瘓似的倚靠在我身上休息。我幫她把衣服整理好，我們默默地並排坐著，讓腦子暫時清空。我點起最後一根香菸，像之前一樣兩人一同吸食著。然後少女告別離開了。

我一直不敢認真面對自己的性慾，因為倫理道德或是宗教規範不容許性慾有完全和自由的發洩。若對非法定伴侶表現性慾，更被視為一種罪惡。在中國社會裡，所謂萬惡淫為首，可想而知性慾是多麼可怕的東西。

但我對素未謀面的少女卻產生了強烈的性慾，一個不被允許的對象。但是少女卻讓我看到了性慾的本質，比肉體更深層的部分。雖然我並沒有進入少女的身體，但卻彼此觸摸得到對方的靈魂。這種靈性的慰藉讓我體會到原慾的交流，比肉體更深層的靈慾。

我明白到性慾高潮伴隨的官能刺激，是讓人極度迷醉的感官極樂，使人沉淪迷失。但那終究只是剎那間的鏡花水月。相反，那靈慾的撫慰卻能帶給人心靈的滿足與平靜，好比刺青一樣留下深刻的烙印歷久不退。

我本想問影子，那少女到底是真實的，或只是我遺忘已久的故人幻象。那故人其實是我對愛情的憧憬所塑造的影像，配以我喜歡的外表，投射成我的夢中愛人。但回頭一想，那已經不再重要。放下了性慾的黑暗包袱，明白到性慾的本質以後，我有一種解放的感覺。留下來的只有淡淡唇印的菸蒂，與手鐲上轉為黑色的第四個圖案。

第五個晚上。

可能是因為睡得不太安穩的關係，我的精神有點恍惚。雖然只是淺眠，但卻做了許多零碎的夢，我已經好一段時間睡眠時沒有做夢了。我隱約記得其中一個奇怪的夢，夢境裡我已經死去，我的親人與朋友齊集在墓園裡，為我舉行告別的葬禮，他們獻上鮮花後逐一離開，最後就只留下一個石造的墓碑，孤零零的立在墓園中間。但當湊近去看時，墓碑上卻是空著的，既沒有名字也沒有相片，只是紀念著死去的某人。

這個奇怪的夢，讓我想到一個曾被朋友問過的題目：假設你即將要離開人世，要為自己立下一個墓碑，你會在墓碑上刻上什麼？我是這樣回答的，我希望刻下我這一生的事蹟。醒來時，我才明白到我真正害怕恐懼的是什麼。

我小時候十分怕黑，媽媽常說妖魔鬼怪都躲在黑暗裡，他們長相恐怖，最喜歡捉小朋友來吃。所以我最害怕一個人待在黑暗裡，晚上連洗手間也不敢去。小時候的我，害怕自己幻想出來的東西。

唸書後開始害怕考試，害怕不及格被處罰，擔心升不上好學校。所以每到考試季節，身體便會作出抗議，常見的毛病有胃痛與拉肚子。初中的時候更得了胃潰瘍，吃了整整大半年藥才治好。

青春期到了，開始擔心自己的外表，害怕高度不夠，拼命地跳繩游泳。曾經暗戀過班上的一個女同學，但因為害怕被拒絕，最終也沒有採取任何行動。

大學時選擇了自己喜歡的科系，卻害怕畢業後找不到賺錢的工作。後來膽子大了，視野思想開闊了，熱血激昂地參加了社會運動，為的是害怕自己失去理想隨波逐流，擔心青春未曾燃燒沸騰便忽忽流逝。

畢業後找到不錯的工作，物質生活提升，生活品質改善，卻更害怕貧窮，更擔憂失去，因為已經回不了原來的生活。就像口袋的錢多了，反而擔心錢不夠花。

工作上得到晉升，反而處事更戰戰兢兢。事事小心，步步為營。因為官場上爾虞我詐，爭名逐利的環境裡找不到一個真心的朋友。害怕被出賣，害怕被欺騙，就像每日發生的平常事。

三十而立，開始思考生死。死亡之所以可怕是因為未知，死去時所經歷的種種，疼痛嗎？黑暗嗎？孤獨嗎？恐怖嗎？另外死後將到達的地方，是天堂？是地獄？是輪迴？還是就真的完了。沒想到還沒參透人生便經歷死亡，發現原來死亡並不可怕。在所有的恐懼中，死亡應該是最大的，既然經歷了人生最值得害怕的事，我以為恐懼已離我遠去，再也無份無權干擾我。

沒想到死過回來以後，害怕與恐懼仍然出現在我的生命中。我在害怕什麼？原來我害怕被遺忘。被親人遺忘，被所愛的人遺忘，被認識的人遺忘，就像一具沒有刻上名字的墓碑。所以我希望留下一些故事，在我離去以後可以繼續滋潤他們的心，繼續鼓勵守護他們。

害怕與恐懼，從出生後便一直跟隨著我，在人生的不同階段，以不同的形象恫嚇著我，有時成為讓我裹足不前的障礙，有時變成讓我積極前進的動力，但**原來害怕與恐懼只活在我的幻想裡**。雖然它們都不是真實的，什麼事實也改變不了，但卻擁有莫大的影響力。揭開了害怕與恐懼的面紗後，我不再侍奉它們，不再為它們所奴役，即使它們一直變相地存在。與此同時，魔鬼手鐲上的第五個圖案轉黑了。

第六個黑夜。

今晚坐在長椅上時，空白的腦海裡忽然浮起一個人的模樣，辦公室裡新來的上司。上司的年紀比我小兩歲，剛獲晉升為總指揮，被刻意安排到這個單位來。我跟他共事的一個月裡，除了必要性的公務接觸，我甚少跟他作無必要性的交談，因為我不喜歡他這個人。坦白說，上司的才能並不高，對工作上的知識也不熟悉，遇上壓力更變得情緒化，容易抓狂。但他卻得到上層的高度評價與讚賞，在極短的時間內獲得晉升。

綜合來說，他的成功因素有二。第一是交際技巧，他總能厚著臉皮做一些我們不願做的事，說一些阿諛奉承的話，建立關係討好高層。他所關心的並不是工作上的問題，而是高層在工作外的生活安排，像私人總管多於一個公職人員。有需要時會為高層放話，或是收集下層情報，以是非八卦當作人情禮物。第二是私人關係，他是一位高層長官的親屬，所以處處獲得特別優待與照顧。他被刻意安排在關鍵的工作崗位，獲得人人欽羨的海外訓練，走在扶搖直上的青雲路。他是幸運的，一開始便站在比別人優越的位置。

我跟上司的相處不算融洽，也不算愉快，他希望有一個像他一樣的下屬，我希望有一個跟他不一樣的上司。這種錯配就像把咖啡奶精倒進中國普洱茶一樣。雖不致互相排斥，但那味道的不協調感覺卻讓人渾身不舒服。

「你為什麼不喜歡他？他跟你有利害關係嗎？」影子像讀懂我的心。

「嚴格來說，我跟他不存在利害關係。也許我不喜歡他以旁門左道的捷徑，得到別人艱苦努力的成就。」我回答。

「我不明白什麼才是正門右道。旁門也是門，左道亦為道，走是別人走，為什麼會讓你不快？」影子問。

被影子這樣一說，我一時間語塞起來。

「你是妒忌你的上司吧。」影子結論說。

「為什麼我非要妒忌我的上司，他對我一點也不重要，我也不欣賞他的任何東西。」我否認說。

「但他以比你低的才能，得到比你高的成就與賞識；以被你認同以外的方式，飛得比你高，走得比你快。他的存在對你來說不重要，他的不存在對你卻很重要。」

「他的存在讓我不快。」我坦白承認這感覺。

雖然我沒有敵意，也不渴望變成他那樣，但如影子所說，這也許是一種妒忌，我希望他不要存在於我的工作環境。一時間我也弄不清楚自己為什麼會妒忌這樣的人，有點難以接受的感覺。

「你妒忌的不只這樣的人。」影子之後沒有再說任何話。

我一向認為自己是個不喜歡與人比較的人，沒想到不知不覺間也在妒忌別人。但除了這樣的人以外，我還妒忌或曾經妒忌誰？我在眾多的臉孔中搜尋，最後卻出現一個對我十分重要的人：我的哥哥。

我與哥哥年齡相差一歲半，自小感情要好，甚少爭吵打架。自小學開始，我倆便入讀同一所學校，常跟哥哥一起上學。哥哥是一個聽話勤勞的孩子，誠實有禮、品學兼優，自小便是老師眼中的模範生。相較之下，我的學業成績平平無奇；雖不算頑劣，卻只是一個大錯不犯小錯不斷的普通學生。雖然哥哥也有幫我補習功課，只是我的記性不好，不像哥哥般聰明。

上中學以後，哥哥繼續表現優秀，是老師喜愛的學生領袖。哥哥當上了學校社團的團長，帶領團員參加各項校際比賽，而我剛巧也是那社團裡的小團員。對於哥哥得到老師的欣賞與同學們的愛戴，我心底裡不但替他高興，也以他為我的驕傲。

只是，哥哥的存在卻讓我活在一層陰影之下。老師們總有意無意地拿我倆作比較，我的記憶裡曾聽過不少遍這樣的話：「為什麼哥哥這麼優秀，弟弟卻平平無奇，一點也不像兩兄弟。」我就像是活在耀眼月亮旁，一顆暗淡無光的星星。

所以後來我潛意識地有點疏遠哥哥，不喜歡跟他出現在同一場所，因為對於這麼多年的比較已經感到厭煩。雖然我喜歡哥哥，但他的不存在讓我感到更輕鬆自在。

進大學以後，我開始超越哥哥了，在各方面的成績也比哥哥優秀。畢業後，哥哥當上了會計師，工作非常辛苦，但得到良好待遇，前途一片光明。沒想到在剛獲晉升的第二年，便毅然決然把工作辭掉，到國外修讀碩士。當然我十分支持哥哥的決定，但其實我心裡十分妒忌哥哥那份敢於放下一切、追尋理想的勇氣。原來我一直妒忌身邊親近的人，對我生命十分重要的人。

有時比較跟個人意願無關。你不拿別人作比較，別人也會拿你作各式各樣的較量。我們活著的世界所奉行的就是這種主動與被動式的比較制度，為著是要把人劃分等級，妒忌自然成了當中的必然副產物。

在無常的生活中，妒忌是無意義的行為。**放下「自己必須成為焦點」的執著後，我是自我小宇宙裡的一輪明月，獨一無二地綻放絢爛光芒；我也是大同世界其中的一顆星子，閃爍映射著無數光體的萬千星輝。**

第六個圖案，轉成了黑色。

第七天下午，我收到一個奇怪的電郵，是一個有關食物味道的心理測驗。問題是要從甜酸苦辣鹹五種食物味道中，挑選出你最不能接受的味道。所測試的題目並沒有清楚說明。但這也是心理測驗慣常的伎倆，以象徵性意義掩飾真正測量的題目。電郵上註明只要把答案填上寄回，便會立即收到測試結果的分析解說。

原來，測試的題目是「你是否活在一個謊言的世界」。在五種味道裡，酸味的謊言指數是最高，達百分之八十，選擇者是活在一個充滿謊言的世界，充當著騙人與被騙的交替角色。其次是甜味，指數是百分之六十，選擇者是活在愛情謊言的世界。苦味的謊言指數為百分之五十，處於一種情非得已、兩面不是人的狀態。接著是辣味，指數是百分之三十，為了表現完美、討好別人要撒謊，但對說謊感到壓力痛苦。而指數最低的是鹹味，為百分之二十，活在一個真實但殘酷的世界，因膽小怯懦而不敢面對謊言。

我所選擇的答案是酸味的食物。看畢分析結果，我心裡的第一個感覺是騙人的，我整理不出食物味道與謊言的相聯關係，也看不出當中的隱喻性或象徵意義。不知怎地，夜晚坐在長椅上的時候，腦海裡不斷想到這奇怪的電郵：一個騙子活在一個謊言的世界？

我嘗試回想自己曾經說過做過的謊言，但大多數都是一些零碎與技術性的欺騙，包括考試時偷看同學的考卷，假冒父母在學校通知上簽名，對父母撒謊出外玩，或背著女朋友偷偷和別的女生約會。諸如此類的謊言多得有點像平常生活的一部分。但這些欺騙的背後動機，都不是建基在傷害別人之上，絕大部分只是想減省不必要的麻煩，免卻無謂的解釋，或貪圖一時之便而已。

相反地，被騙的經驗卻不少，曾經被朋友出賣，被愛侶背叛，被同袍陷害等等。最不能讓我釋懷的一件事情，是三年前被一個要好的朋友所欺騙。最初好友因為缺乏資金，找我一起投資一個非常有潛質的項目，基於信任與友情，我把自己僅餘的積蓄交予好友。後來好友遇上重大困難，我更義不容辭借錢替他解困，助他度過難關。一年後，項目取得成功，我們當初投資的本金也翻了兩倍。

我沒有即時取回金錢，跟好友一起把賺到的金錢投資其他項目，但往後的半年裡，好友的行為變得有點怪異，說話前言不對後語，有時候更十分困難才聯絡得上。我開始感到有點不對勁，查問投資的細節但總得不到完整的答案。最後我決定把金錢取回終止有關投資。在退無可退的情況下，好友竟對我說出錢早就被騙走了，他說一年前祕密地跟一個女生結婚，後來錢被那女生全拿走了。

我的第一個反應是憤怒，跟著是深切的傷痛，沒想到這一年多他說的竟全是謊話，知交多年的友情最後也落得因財失義。對於好友的解釋，我沒有深究，也沒有選擇相信或不信，但我們的友情已經到此為止了。我不希望以後一直抱著懷疑的態度去審視好友所說的每一句話、所做的每一件事，與其這樣，倒不如不見。最後不但友情沒了，更換來一筆債務。

這件事情多少讓我對人失去信任，也不願意跟其他朋友再扯上利害關係，因為我知道面對誘惑的時候，人是十分脆弱的，當然也包括我自己。但除了這件事情以外，我的人生還有其他更嚴重的欺騙嗎？

最大的撒謊者原來不是別人，是我自己。從小到大，一直欺騙自己，為自己建立一個謊言的世界，就如心理測驗分析所說一樣。

三十多年來，我的內心不知道向我呼喚了多少遍，告訴我他真正的理想，他真正的需要，他的追求愛好。可是我一次又一次蓋著耳朵，裝作沒有聽見，只不斷努力建構一個大家認為好的生活，認同所謂合適的人生。我欺騙自己的同時也欺騙內心，讓他相信這就是真實的世界、必然的選擇，慢慢內心被蒙蔽了，自我的聲音也不見了。直到死去的那一刻，才發現那是為他人而活的人生，而不是我真正追求的生活。**看清自我以謊言構造的世界，讓我重新拾回內心最真實的呼喚**，那被遺忘了的聲音是如此動聽。

我帶著澎湃的感動與轉成黑色的第七個圖案，輕輕地，離開了回憶的椅子。

經歷了七個黑夜，魔鬼手鐲上的七個圖案已經轉成黑色了，現在只剩下最後一個圖案。當魔鬼手鐲上的八個圖案全部轉黑，黑暗之心便會浮現，影子是這樣對我說的。

第八個黑夜，天上的月亮被厚厚的雲層所覆蓋，從雲兒急促的流動可知道天上此刻正刮著大風，這將會是一個風雲變色的黑夜，我期待著它的降臨。

貪婪、自卑與傲慢、憤怒與暴力、性慾、害怕與恐懼、妒嫉、欺騙與謊言都已經先後出現了，如魔鬼展現出不同的面相，從我封閉的記憶釋放出來。但其實他們都是同一個魔鬼，從我無盡的慾念而生，在我的幻想中成長，然後不斷繁殖演化，好似病毒一樣。今夜我要揭開惡魔的神祕面紗，把他的心臟取出來。

魔鬼手鐲發出燙手的熱度，高頻的震動造成刺耳的鳴叫聲響，聲音劃破夜空，與呼嘯的風聲結合。我掉進無盡的夜空中，手裡拿著一個遠古的木製盒子，盒子手工非常精細，四周鑲有閃耀的寶石，盒面上刻著古老的神祇圖案。黑暗之心就是被關在這個盒子裡嗎？

在希臘神話裡，泰坦神族的普羅米修斯用黏土創造了人類，由於對人類的特別眷顧，普羅米修斯計畫盜取天火給人類。他偷偷躲在草叢裡，趁太陽神阿波羅乘著烈火戰車從東方升起時，以一根蘆葦從烈火戰車的尾端，成功偷取了火種送予了人類，使人類後來成為萬物之靈。

眾神之神宙斯得悉普羅米修斯的行為大為震怒，為了報復普羅米修斯與人類對神的不敬行為，宙斯命眾神創造出一個完美的女人潘朵拉。眾神把各種才能贈予潘朵拉；雅典娜賜予愛心，維納斯送贈美貌，赫密士送上巧語，阿波羅送予音樂才華。

宙斯知道普羅米修斯不會接受他的禮物，所以特意安排把潘朵拉送給普的弟弟伊皮米修斯。但普曾警告伊不可接受宙斯的禮物，但伊不理會哥哥的反對，娶了潘朵拉為妻子。宙斯送了一個精美的盒子給潘朵拉，千叮萬囑她不可以把盒子打開。雖然潘朵拉擁有眾神賦予的才能，但她有一個致命缺點，那就是宙斯特別給予的好奇心。潘朵拉一直想要偷看盒子的內容，伊不斷提防她別把盒子打開。

終於有一天，潘朵拉乘丈夫出門時，偷偷把蓋子打開，將關在盒子裡的邪惡精靈釋放出來，這些象徵著憤怒、嫉妒、怨恨、懷疑、疾病等惡魔一瞬間遍布人類世界，從此為人類帶來黑暗。

潘朵拉十分害怕，趕緊把盒子關上，但一切已經太遲了，盒子內就只剩下一樣東西：希望。

風雲退去，夜空變回原來的清澈，此刻天上掛著一輪紅色的月，發出令人昏眩的光芒。我看著手上古老的盒子，準備把盒上的蓋子打開。這時影子忽然出現在我的面前。他從地上站起來了，就站在我伸手可及的面前。

「你真的決定要打開盒子嗎？你不怕像潘朵拉一樣，把裡面關著的不知名惡魔釋放出來嗎？」影子對我說。

「各種惡魔早就釋放出來了，我要做的不是把惡魔再次釋放，而是要把他們再次收回。」

「那你知道惡魔的真正身分嗎？你就只有一次機會而已，猜錯的話，惡魔將永遠收不回來。」

我看著影子，然後把手中的盒子打開。

「那是絕望。」人世的各種黑暗惡魔，目的就是要把人推向無盡的痛苦、絕望的深淵，種種的黑暗都是一樣的。

黑暗之心就是唯一的：絕望。

當盒子打開後，象徵各種邪惡的精靈從四方八面飛來，一時間漫天的邪靈在夜空中飛舞，發出鬼哭神號一樣的呼叫。然後所有邪靈向著同一方向飛去，他們全都飛進影子，他空虛的心臟被完全填滿了。

「謝謝你幫我找回心臟。」影子說。

然後影子把黑暗的心臟放進盒子裡，這時盒子裡並排著兩個跳動的心臟，一個發出白色的光芒，一個閃著黑色的亮光。

「另一個是你的光明之心，象徵著希望。是你在完成十個夢想的旅程中，所有找回來的光明善良組合而成的。只要把盒子關上，光明之心與黑暗之心便會再一次結合，成為分裂前的模樣。」影子說。

我把盒子關上，兩個心臟發出的光芒透射到盒子之外，照耀著整個夜空。一陣強光以後，兩個心臟已經合而為一，變得像水晶般晶瑩無暇，閃爍著透明的純粹光芒，那是原來的純然本心，希望與絕望的完美結合。擁有一切的同時，一切卻是空。

夜空回復原來的平靜，但盒子上卻浮現出一個像曼陀羅一樣的圖騰，以四度空間投射的完美幾何圖案。

「那是最後的印記，盛載純然本心的曼陀羅，但只有天火才能讓最後的印記展現，神送給人類的禮物。」影子提醒著我。

「神送給人類的天火。」我重複著。我突然想起那隻像謎一樣到訪的大黑鳥，如禮物般的蘆葦草，還有那未劃燃的第十根火柴。

「當純然本心遇上天地之心，回去的道路便會出現，只要打開四度空間裡時間的缺口，你便可以沿著天火的道路回到原來的光海。」

「這裡是時間的缺口嗎？」

「這椅子只是回憶的隙縫，只能穿越過去的記憶。」

「所以缺口不在這裡，是在別的地方。」我說。

「我也不知道缺口在那裡，很多人窮畢生精力尋遍世界每一個角落，也找不到缺口的所在地，所以缺口可能根本不存在任何地方。」

就只差那一點點，便可以找到回去的道路，回到光海裡。**那光之海既是生命的起源，也是生命的終結，那裡隱藏了所有生命的祕密、人類的智慧。**

「我要離開了，回到黑暗的世界去。我會一直與你同在，形影不離。」

影子伸長手與我緊握著，是我第一次亦是唯一一次觸摸到自己的影子，那既虛幻又實在的感覺，就如把光明與黑暗兩顆心連結一樣。

我張開眼睛，天上還是掛著原來的月亮，血紅的月色消失了，我手上的潘朵拉盒子也不見了。我的心從未感到過如此的充實，但卻沒有任何的負載，沒有所謂執著的光明，也沒有壓抑的黑暗，那是比羽毛還輕的透明心臟。

離開前，我把全變成黑色的魔鬼手鐲脫下，放回盒子裡。我跟影子會十分懷念這地方，這張陪我們度過八個黑夜的長椅。在回家的路上我跟影子說，我一定能打開那時間的缺口，帶著他回到原來的地方。影子緊貼著我，那微細的隙縫已經消失了。

第十六章／宇宙壇城

時間缺口不是我們可以尋找得到，而是要我們自己去打開的。

兩個多星期的黑夜之旅終於結束，我開始回到原來的生活。對比於兩星期前，我的身體出現了明顯的變化，面容蒼白憔悴，體重一下子下降了近十公斤之多，彷如從二次大戰的納粹集中營回來一樣。

這一天剛好 Ann 也從台灣回來。早上先到了理髮店修剪頭髮，將鬍子剃掉，換上新襯衫，駕車到機場迎接 Ann。Ann 步出入境大堂看到我的面容，顯得一臉驚訝，然後緊緊的擁著我。

「發生什麼事情了？」Ann 皺著眉頭說。

「只是去了一趟旅行。」我笑著回答。

之後我在車上把這段時間發生的事情一一告訴 Ann，從魔鬼手鐲的出現到影子的黑暗之心，有如講述魔幻故事一樣。

「所以你找到了最後的印記。」Ann 說。

「我只是在那遠古的盒子上看過一次，那是一個以四度空間展現的曼陀羅圖騰。」

「我可以看一下天使與魔鬼手鐲嗎？」

「左手腕是天使手鐲，載著光明之心；右手腕是魔鬼手鐲，藏著黑暗之心。」我把襯衫的衣袖捲起讓 Ann 細看。

「很漂亮的一對手鐲，各自泛著不一樣的光芒。」

「但還沒有找到時間的缺口。」我補充。

「看來你真的快要回去了。」Ann 黯然地說。

「先不要說這些了。我們去慶祝一下好嗎？我好像很久沒有吃過美味的食物了。前一段時間像得了憂鬱症一樣，完全沒有食慾。」

「好啊，就當是預祝我們下星期的畢業典禮。」Ann 和應。

我們到了平常最愛的日本鐵板燒店，我點了日本和牛薄燒料理，而 Ann 則點了海老帶子燒料理。料理師傅以純熟的手法，舞動著手中的鐵鏟，不消一刻鐘便把美味的食物送到我們的盤子上。鮮嫩的薄牛肉煎得恰到好處，肉的表層被高溫快速燒熟轉色，肉汁與溶化的脂肪被緊鎖在內，包裹著金黃的炸蒜片與鮮綠的蔥花，口感與味道真是無懈可擊。

「這素菜特別送給你們吃的，慶祝你倆終於完成學業。」料理師傅端來一盤鮮嫩的素菜燒，內有各式各樣的菇類與蔬菜，像一個小小的植物生態園。

「謝謝。」我倆向師傅道謝。第一次到這店，是剛跟 Ann 交往的時候，不知不覺已經是四年前的事了。這四年裡，每次到來我們都是坐同一張檯子，因為我們十分喜歡這位料理師傅的手藝，那份帶著誠意的烹調。

「我的兒子快上大學了，他早前還問我選修心理系好不好？看見你們兩個奇怪的心理學博士，我還是回去認真的跟兒子商討一下好了。」師傅說畢，我們三人一起哈哈大笑，就這樣，我們享受了一頓美味又愉快的晚餐。

一星期後，畢業典禮正式舉行。我穿著朱紅寶藍相間的博士袍，右手拿著黑絨圓邊的博士帽，站在台下等候學院主任逐一宣讀畢業生的名字。Ann 就站在我的前面，我倆悄悄牽著手一同微笑等候。主任先宣讀 Ann 的名字，Ann 走到台上，校監以傳統的儀式頒授博士學位，象徵性地以博士帽輕敲了一下 Ann 的頭，我在台下熱烈地為 Ann 鼓掌。

然後主任宣讀我的名字，我深吸一口氣，挺起胸膛走到台上，在水銀燈的映照下，我成了台上的主角，接受學位的頒予。在 Ann 與家人的掌聲見證下，我完成了最後一個夢想。

第一個夢想達成的時候，我獨自在公園裡散步，天地為證，清風為伴。現在最後一個夢想達成了，我的家人與知己好友全都到來慶賀，以生命中最重要的人為證，以雷動的掌聲為伴。

畢業典禮結束後的第二天，我跟 Ann 相約在大學的咖啡店。

「這裡是我離開大學以後最懷念的地方。」我說。

「我們一同在這裡度過了許多美好的時光，不是常說讀書的時候是最快樂的嗎？」

Ann說。

「從很久以前，我就捨不得離開這所學校了，所以離去後又再回來，我的學士、碩士、博士課程都是這樣。」我感慨地說。

「我們以後有空也可以常回來，雖然不能再以學生的身分了。」

「再當學生的話，我們也太老了吧。」我開玩笑地說。

「這是送給你的。我知道你快要離去，回到那地方，這是送行的禮物。」Ann從袋子裡拿出一幅捲軸。我把捲軸翻開，裡面是一幅唐卡圖畫，圖上刻畫了許多獨特的圖案，上方繪了三位神祇的畫像，而中間的那一位正是與我關聯甚密的文殊菩薩。

「這個星期裡，我一直在尋找有關時間缺口的東西。你曾經跟我說，回憶長椅那兒的磁場與時間之流產生特殊的交互作用，形成了一道時間裂縫，但那裂縫還不足以成為時間缺口。如影子所說，時間缺口可能根本不存在世界任何一個角落。所以時間缺口不是我們可以尋找得到，而是要我們自己去打開的。」Ann說。

「在時間之流裡打開一道缺口。」我重複Ann的意思。

「要把缺口打開就得改變地方的磁場。之前你跟我說過，改變地方磁場最有效的方法，便是風水的應用。我腦海裡突然閃過一個念頭：你這幾年裡，好像所有發生的事件，或多或少都跟文殊菩薩有關，若說是巧合也未免太牽強了，你跟文殊菩薩彷彿有著某種牢不可破的連結。

「於是我把尋找的範圍收窄，集中搜尋有關風水、文殊菩薩，與時間的資料，沒想到所有的資料都指向著同一樣東西，就是這幅文殊菩薩的斯巴霍圖。」Ann說。

「文殊菩薩的斯巴霍圖。」我看著這幅星羅棋布的風水圖像，好像一些隱藏的記憶被突然喚醒。那感覺就如之前看到文殊菩薩的三十六卦占卜一樣，一份遺忘了的熟悉感覺湧現出來。

「我不懂得風水，也不明白圖像裡的寓意。我所能做到的，就只有這樣。」

「很感謝妳，這已經十分足夠了。」我向Ann道謝。

自從懂得溝通、連結與借用大自然的力量後，我明白到，每處地方的磁場與能量是不一樣的。我開始對古代的風水學問產生了濃厚的興趣，研讀了很多有關環境心理學的書藉，發現風水學問跟心理學其實有著很多共通的地方。

自古大自然中的動植物，就擁有天賦的本能，可以尋找出最適合生活居住的地方。風水良好之處，必定是氣候溫和、資源豐富、擁有旺盛生命能量的地方。所謂良禽擇木而棲，就連禽鳥也懂得尋找食物水源充足、提供良好依靠遮蔽的樹木。所以風水本來就是一種相地學，擇地而居的科學。

人後來變得聰明了，懂得以有形及無形之手，改造及建構理想的風水環境，包括間隔擺設，或者光影聲音與氣味，務求改善居住者的健康及運程。坊間的風水玄學理論多不勝數，有分析流年的星宿轉移，有術算五行方位，有配以時辰八字，以各種各樣的術數陣法扭轉乾坤。或許不同派別的風水學說有其獨特之處，只是我還沒有找到一派學說跟我的宇宙觀抱持著相同的理念。

早前我認識了一位有趣的朋友，起初我們只是一起打坐禪修，後來才知道她已經研修佛門密宗三十多年了。嘉琪本身是一位臨床心理治療師，她大膽地將密宗靈學理論與臨床心理學結合，創立了一套別樹一格並跨越宗教文化的心理治療學說，我對她這份勇氣與創見十分欣賞佩服。

從一次閒談中，我得知嘉琪原來也有研修密宗的風水學說。這套風水理論以人為本，以氣為主導，整個風水布局擺設以氣口及玄空八卦為依歸。我對這理論產生了莫大的興趣，後來更得到嘉琪悉心教授，讓我對風水有了更深入的了解。這理論奧妙之處，其一在於對生物磁場與生物能量的詳細見解，其二是如何通過人的意念改變環境的氣場，結合身口意三念的力量建構整個風水布局。而這所謂三密加持的理念與我做月禪時的修練方法，基本上是如出一徹的。

雖然這理論給予我很多重要的靈感與啟示，但是在我的風水宇宙觀裡，我更重視基本生命元素的平衡組合，將環境的磁場與氣場解構重組，以四維空間為基礎，跟整個宇宙大自然連結，建構一個小型宇宙能量場，就像大自然內的生命元素循環不斷、生生不息。

我一直在尋找與等待符合這樣理念的風水理論出現，沒想到這斯巴霍圖竟像奇蹟一樣送到我面前。而這圖內蘊含的風水智慧，跟我的思想理念出奇地相應，完美地填補了之前感到的缺失。如之前所發生的奇異經歷，當你真心追求某些東西時，整個世界都會聯合起來幫助你。我的手印、咒語與占卜也是這樣尋獲的。對我而言，斯巴霍圖正是能開啟風水智慧的寶物。

我花了整整三個月，領悟圖中的象徵意義。斯巴霍圖源於西藏密宗，又稱文殊九宮八卦圖。圖的上方有三尊菩薩，分別象徵了智慧、慈悲與勇氣三大世間最可貴的力量。

圖的中央是文殊菩薩化身而成的金色烏龜，外圈為十二生肖，代表十二地支，配合五大生命元素地、水、火、風、空演化成的天干，組成了六十甲子。中圈為《周易》的八卦，八個卦象為離、坤、兌、乾、坎、艮、震、巽，分別象徵火、地、澤、天、水、山、雷、風等八種大自然現象。內圈為按龜背分成的九宮，配合五行術數裡的金、木、水、火、土。

左上方為時輪金剛，掌控東、南、西、北、上、下等十方的三維空間，並支配年、月、日、時所組成的時間架構。而圈外的神獸是號令日月星宿的羅喉。

整個圖的布局活像是一個壇城，代表了文殊菩薩的智慧，總結一切時間、方位、風水與地理，是一個包羅萬有的時空宇宙世界。

圖的另一個精妙之處，是當中所包含的三個咒輪。右上方的迴遮咒輪，用以保護整個宇宙壇城，阻擋一切凶煞魔妖，驅走所有障礙不祥。左下方的是緣起咒輪，右下方的為緣滅咒輪，代表天地萬物不生不滅，循環運轉，生生不息，包含了過去、現在、未來等三時的生死輪迴。

古代的文明與宗教，對宇宙時空竟有如此淵博精準的了解，並能將這無窮智慧演繹於斯巴霍圖中，真是不可思議。但更讓我驚訝的，是圖裡的空性意象，竟與我的宇宙觀念不謀而合，那份熟悉的感覺，像久遠的回憶被喚醒一樣。

我將要建構一個宇宙壇城，從那裡打開時空的缺口，築起回去的道路。現在只要等待下一個月圓之夜，我便能回到光海裡，回答人生中的最後一道問題。

下一個月圓之夜將是三天後的星期六，被喻為超級月亮出現的日子，屆時月亮將以十九年來最接近地球的距離出現在夜空中。

在這之前，我還有一件未完成的事情。我相約了Ann在我們第一次約會的茶館見面，我準備要跟她好好的道別。

「你找到打開時空缺口的方法了嗎？」Ann 以有些失望的語氣問。

「找到了。下一次月圓的時候，我將會回去那裡。」

「就是超級月亮出現的那一天嗎？好像所有事情早就安排好了，包括你跟月亮的約定。月亮將最大最圓最亮的姿態迎接你的到訪，以最貼近的距離跟你見面。」

「就如我跟你的相遇一樣，早就安排好了，而且我們的約定還沒有結束。」

「那一夜我將會眺望著明月，目送你的離去，在你回去的道路上陪伴著你。」

「謝謝你。」

臨離開前，我跟 Ann 緊緊的擁抱著，沒有傷感的離別愁緒，只有滿滿的愛跟祝福。因為我們知道這不是完結。

第十七章／道

花開花落有盡時，尋香蓬萊無覓處，心茶一盞易悟道，人生幾回難言書。

二〇一一年三月十九日　晴

終於到了回去的日子，感覺就像旅行將要結束，啟程回家一樣。只是這個旅程十分漫長，一走便走了六年多的時間，從起點走了一大圈，又回到來時的路，原來起點跟終點都是一樣的。

我曾想過幾處不同的地方作為回程的地點。第一處是紐西蘭飛行基地附近的草地，我從天上掉下來的地方，有著深厚象徵意義的起點。第二處是香港維多利亞港海旁的回憶長椅，那裡有時間的裂縫，亦是尋找黑暗之心的地方。但最後還是選擇了我家公寓的天台，那是發現天地之心的地方。我喜歡一個人坐在那兒賞月。

我把回去所需的東西都放在桌上，有開啟天地之心的寶瓶、大黑鳥留下的金黃蘆葦、盛載光明與黑暗之心的天使與魔鬼手鐲、火柴盒裡的最後一根願望火柴、打開時空缺口的斯巴霍圖、文殊菩薩的唐卡、三個寫了心咒的咒輪、一個時間沙漏及一根白粉筆。

我在天台找了一處僻靜的位置，在水泥地板上以白粉筆把斯巴霍圖的九宮八卦繪出來。圖的上方放著有緣而來的唐卡，唐卡裡剛好有著斯巴霍圖上的三尊菩薩，象徵無上智慧的文殊師利居中，代表慈悲的四臂觀音在左，與展現勇氣的降魔金剛在右。我將三個寫上心咒的咒輪擺放在三個角落，剩下的左上方畫上時輪金剛的象徵圖案，內裡放置了一個時間沙漏。最後，我把寶瓶放在九宮八卦的中央，完成了整個宇宙壇城的布局。

牆上的掛鐘指著晚上十時正，距離午夜只剩下兩小時，在月亮到臨之前。

從前常聽到人問，如果下一刻你將要離開這個世界，什麼是你最想做的最後一件事情。面對這個假設性問題，我曾經作過很多不同的聯想，包括跟家人共聚、跟愛人纏綿、跟好友大吃大喝等。但沒想到當真正面臨離去時，我的答案竟是如此澄明。

我要做的不是道別，而是再走一回，將我的人生再走一回。

現在，我要用餘下的兩個小時，把我的人生總結，再活一遍。我渴望做的最後一件事，是養心寄情的文人五道。

人透過眼、耳、口、鼻、手五種感官跟外在連結，認知這個世界，但這只是表面的覺受。**要體會了解內裡的本質，必須以心真切相應。**五道對應人的五感，歸合於心靈。我希望在離去前，再用心體會一遍。

花、香、樂、茶、書。

從心底去感受生活之美，心物合一找出生命智慧。

首先是花道。我任憑自己的靈感與思緒，擺置出一個反映心境的花席。我把一個官窯的白瓷盤端放在桌上，釉面上布滿了層層的水浪紋片。我早上特別從花市買回一朵紫色睡蓮，現在感受到月亮的光芒盛放開來。我把睡蓮固定在瓷盤裡，把清水注入到七分滿的位置，然後採下幾片金錢草的圓葉浮於水面。最後從魚缸裡撈來一對小金魚，輕輕放進睡蓮池裡。

此刻睡蓮以甦醒的姿態在水面嬌艷綻放，小金魚悠然自得地在水裡游動，泛起陣陣的漣漪，翠綠的圓葉乘著波紋盪漾，一切是如此和諧自在。此一瞬間，我同邀天上明月，山澗清風，創造出一個想像的蓬萊仙境。

眼前的景象讓我回想起最初的自己，沉醉於物慾帶來的滿足，迷失於浮華的花花世界，總是被事物的外表所迷惑。我以追逐夢想來探求生命，滿足無盡的慾望，但空虛的心靈終究找不到所謂的樂土。但原來當我敞開心扉、放下執迷時，便能發現真正的美，那份大自然的靜謐與和諧，浮現蓬萊的影蹤，正是一花一世界，一葉一如來。

接著是香道。每當心情煩燥時，我都喜歡焚一爐沉香，裊裊的幽香讓人平靜，通暢身心氣脈。

我把香道具平鋪在桌上。品香爐是以青銅鑄造，三足鼎立，已有上百年的歷史。香灰是以松樹的針葉燒成，把鮮嫩的松針以人手採摘焙乾，加入上乘的宣紙燒成灰。我先將香炭點燃，待炭燃燒至完全通紅。以香鏟搗鬆香灰，再將香灰輕輕壓平，用香匙於爐的中心撥開炭孔。我以香箸把通紅的香炭埋入，再以一層薄薄的香灰蓋上抹平。在香炭的正中心位置以香棒開出一個小氣孔，把銀葉置於氣孔上，準備好進入品香的過程。

我特別挑選了惠安的奇楠作為送別的香氣，先用解香刀把奇楠香材切成小片，再以香匙把沉香片置於銀葉上。受熱力的影響，奇楠裡的豐富油脂被揮發出來，不消一刻，甘醇清幽的香氣充斥了整個空間。

一股芬芳怡人的清流滲入鼻息，直透大腦。千絲萬縷的香，在腦中盤旋纏繞每條神經，環圍包覆了腦裡所有的慾念與情感。時間像是瞬間靜止了，空氣不再流動，血液凝結，本來躍動的心臟也停頓片刻。此香只應天上有，人生能得幾回聞。

當香消煙散，隨之帶走了所有的念，一切霍然清朗，平靜的思海寬闊地得以廣納天下。正是無念起念念，不為念念縛。香氣引領著我尋回事物的本質，找到本自清淨的蓬萊仙境。

我在腦海裡搜索仙境的天籟之音，從唱片架上取出韋瓦第的四季交響樂，把 CD 放在音響的轉盤上，閉上眼睛等待著。

小提琴的樂聲徐徐奏起，隨著音符的跳動，春回大地，鳥兒們和著微風快樂地歌唱。突然風雲色變，雷電交加，但風雨過後，大地冒出翠綠的嫩芽，百花綻放，牧羊人與少女在草地上舞蹈，迎接春天的到臨。

夏天熾熱的陽光照射到大地上，人們和動物喘氣淌汗，植物彷彿也燒著了。狂風驟雨的降臨，把牧羊人吹得東歪西倒，花草樹木也得俯首稱臣。

秋天送來陣陣的涼風，農夫們載歌載舞，喝酒慶祝大地的豐收，獵人們和獵犬亦成功狩得獵物而歸。

冬天吹來刺骨的寒風，人們在冰冷的風雪中顫抖，依偎著火爐旁休憩取暖。但冰雪已把大地覆蓋，路人一不小心便滑倒在冰上。

整首樂章揉合詩般的景象，讓我想到四時四季的風光、大自然每一刻的美態。

春有百花秋有月，夏有涼風冬有雪；若無閑事掛心頭，便是人間好時節。

原來這一切只在乎心。本著平常心，放下執著，萬念自由時，赫然發現處處是樂土。因為蓬萊不存在任何地方，蓬萊只存在於心中。

樂道之際，我開始為自己準備一期一會的茶席。我在回憶裡尋找最難忘的一口茶，在記憶中聞到隱約的茶香，看見朦朧的茶色，感受甘冽的茶湯入喉，口齒生津，心領神會。

我尋回了初次的感動。這片多年前偶遇的普洱青餅名為「神沏」，用雲南茶山裡的百年古樹制成，由於沒有經過後發酵的處理，不但保留了茶原來的風貌，還保留了老樹滄桑的經歷。我感受到大地的靈性，令人感動的天地之愛。

我挑選了我所喜愛的本山綠段泥茶壺沖泡這久別重逢的茶。茶不但有靈性，而且充滿了個性。一壺好茶，除了茶葉外，還需要配合茶人、茶水、茶器與周遭環境，只要些微元素的改變便足以影響茶滋味。茶道就是一種集天時、地利、人和的生活藝術，必須專注用心才能泡出茶的風韻與真味。

我認真地進行每一個行茶的儀式，從燒水、備茶、溫壺、醒茶、泡茶，到觀色、聞香、品味，懷著感恩的心，珍惜瞬間，活在當下。當我放鬆眼睛，我的視覺霎時變得清晰明亮，照見了金黃晶瑩的茶湯。當我放鬆耳朵，我的聽覺變得敏銳，聽見了茶水的翻滾沸騰。我的呼吸放鬆，為我帶來了靈敏的嗅覺，聞到了甜蜜細緻的茶香。我的舌根放鬆，味蕾頓時活躍張開，嘗到了醇美回甘的滋味，喉韻歷久不散，就如品嘗神靈親手沖沏的絕妙好茶。

終於我的心也放開了，感悟到茶的本質。大地孕育滋養著茶樹的生長，泉水釋放出茶葉原有的滋味，爐火昇華了茶味與香氣，清風飄送著陣陣茶香。透過喝茶泡茶，我了悟到宇宙萬物本為一體，生命川流不息，地、水、火、風、空的生命元素不停循環化合，萬物一體地交互流轉。**無常的生命既實且空，看透生命本質自然能了悟生死，無善無惡。只有活在當下，才能天人合一。**

最後是書道。我拿出文房四寶，打開紙卷，磨墨於硯，提氣運筆。我彷彿與手中的毛筆合而為一，在潛意識的狀態中恣意地揮舞，我手寫我心。我彷彿進入了深度的催眠狀態，身心完全放鬆的同時，精神卻無比集中。我看見了智慧老人，正引領著不同的我到來，既陌生又熟悉的我的模樣。在毫無預告之下，他們一個一個的突然在我面前消失，就如從來沒有真實出現過一樣。最後就只剩下智慧老人與我迎面相對。

「謝謝你一路以來的幫助，在我迷茫時給我方向，在我困惑時給我指引。」我向智慧老人道謝。

「你已經不再需要我，現在是我離開的時候了。」智慧老人笑著向我道別。

「把我捨棄才有我。」我看著智慧老人的身體慢慢消融，變成透明的空氣隨風飄散，消失無蹤。

我在紙上留下了一首詩：

花開花落有盡時，尋香蓬萊無覓處，心茶一盞易悟道，人生幾回難言書。

人生如書，書中留白。也許字裡行間的空白比華麗的筆觸更讓人神往。

此時空白的部分逐漸擴大，漆黑的文字逐漸褪去，如散開的墨水般，字的邊界變得模糊，中心的部分開始瓦解，最後化作一團，不斷稀釋透明，不留一點痕跡。就這樣，滿載的紙張又變回完全的潔白。

我想起人生前三十年的時光，從翻身學爬到衝上雲霄，完成了一個又一個的夢想。我將生命填得滿滿的，不留一點兒空白，但原來平添的只是知識而不是智慧，因為回答不了最後的問題，所以只好重來一遍。

意外後，我花了六年多的時間，重新學習以雙腿走路，以雙眼看世界，又一次完成了重生的十個夢想，將人生的白紙再度填滿。雖然紙上寫下的仍是知識，但我卻看到了不一樣的景象，我眼所見的不再是文字，而是字裡行間的空白。

智慧不存於文字間，而是寫於空白裡。

此刻我的心既空又滿，這就是我人生的總結。

我在紙卷末尾寫下了五個字，最後問題的答案。

時間到了，我開始建構壇城。我坐在九宮八卦裡的正中央，結著手印，唸著心咒，築起宇宙的壇城。四方的牆壁開始消失，地板也開始瓦解，我彷彿盤坐在一個虛空的空間裡。我在四方、四隅、上下十方的中央，建立太極的中心。太極生出無形與有形，再演生成九靈八卦。我製造出代表地球生物的十二生肖氣場，八種大自然現象，五大基本生命元素，一個象徵宇宙萬物的磁場在這三維空間裡建構起來。

我借助風驅動右上方的迴遮咒輪，迴遮咒輪轉動，為壇城裡的萬物注入生命能量。我再驅下方的緣起與緣滅咒輪，天地萬物開始循環流轉，生生不息。人開始經歷生命中的十二緣起，十二緣滅，進入六道輪迴。經歷過去，通過現在，到達未來。我把三個咒輪快速地轉動，整個壇城也跟著轉動起來，然後時輪金剛裡的時間沙流開始減慢流動，最後完全停止下來，沙粒懸浮在半空中。時空的缺口被打開了，一切靜止下來。

我把寶瓶放在面前，開始做如常的月禪。我與天地連結，借助寶瓶的力量，召喚出天地之心。超級月亮以完全滿溢的姿態展現在壇城的上空，我從未以這麼接近的距離觀看月亮。天地之心就在月亮的心臟裡。

我戴上天使與魔鬼手鐲，然後拿出最後一根願望的火柴。火柴點燃時發出耀眼的亮光，如太陽神阿波羅的烈火戰車噴出的火焰，我借用這天火的火種燃燒起大黑烏送予的金黃蘆葦。天使與魔鬼手鐲各自發出黑白的光芒，象徵著善與惡、神與魔、光明與黑暗的光束，匯聚在蘆葦的火焰裡，形成了最後的印記，那盛載純然本心的曼陀羅圖騰。

這時純然本心與天地之心產生出奇異的共鳴，一起併發出異樣的亮光，一條以天火築成的道路在前方顯現。我帶著最後的印記，踏上天火之道，向著超級月亮走去，穿越天地之心後，再一次回到那裡。

無盡的光海。

無比溫暖祥和的金光再一次擁抱著我，為我帶來平靜自在，那感覺讓我回想到在母親子宮的時候，那份被滋養被保護的無私大愛。這正是飛機失事墜毀時，靈魂離開肉體以後所看到的景象，人死去後所到的地方。

「歡迎你回來。」那份熟悉的感覺再一次從無盡的光海裡傳來。

聲音在這裡不存在，因為空間中並沒有所謂的空氣，聲音不能以空氣粒子的震動傳遞，這裡是透過意念溝通的。

「好不容易找到回來的路。」我回答。

「從你回去的日子計算，你只花了二千三百二十二天。很多人賠上二千三百二十二年，也找不到回來的道路。」

「感覺就像輪迴一樣。」

「這就是輪迴，直至所有的智慧被完全打開。」

「不需要再乘坐那巨型的摩天輪，被送到不知名的地方。」我回想起上次看見那五光十色的摩天輪。

「留給其他有需要的人坐。你的情況比較罕有，沒有依從既定的正常途徑到達這裡。你從天上摔下來時，飛機急速地螺旋衝下，萬有引力加上急速的螺旋頻率，時空的磁場變得紊亂，被割開了一道裂痕，你就是這樣以接近零的或然率掉進來的。」

「所以在既定的程序裡，我是應該自然地死去，然後被送進巨型的摩天輪，週而復始，直到所有的智慧得到開啟，最後回到這光海裡。」

「因為你在正常的程序以外，所以你可以選擇離開你既有的人生，或留在你原來的生活裡。可是當時你作不了決定，所以只好以別的輪迴形式把你送回時空交錯的裂縫，既不是離開，也不是留下，只是回去而已。」

「那些奇蹟的康復，神奇的經歷，與十個夢想又是什麼？」我問。

「那只是你人生的重複，就像你說過的旋轉木馬一樣。」

「所以相同的事情還是重複地發生著，只是情景與內容改變，事情的本質還是一樣的。現在的我再一次回到原來的境況，再一次將人生所有的夢想達成。」

「看來你從極度的矛盾轉變成極度的和諧。」

「就像人心本來無分善惡。**執著行善或執著行惡永遠得不到平衡，因為只要稍一偏差便會跌進搖擺不定的狀態。只有將兩者結合並快速旋動，才能達致物理學上的永恆穩定狀態，完美的神魔合一，完美的完全。**」

「就如快速轉動的硬幣，同時看到融合的一體兩面。」

一枚硬幣此刻在我面前快速轉動著。

「你可告訴我這一切都是真實的嗎，或都只是我的妄想幻象？」我問。

「那你可以告訴我真實的幻象與虛幻的真實之間的差別嗎？」

「**懷疑你相信的，卻成了幻象。相信你懷疑的，卻變成了真實。**所以兩者本質上都是一樣的，只是名字的差異而已。」

「當所有的智慧都被打開，是什麼意思？」我問。

一個偌大的天秤忽然出現在我的面前，天秤的一端是空著的，另一端則放著一根羽毛，我知道這是最後審判時的真實之羽。

「當你的心比這真實的羽毛還要輕的時候，所有的智慧已經被完全開啟。」

我從最後的印記裡釋出純然本心，把自己透明的純然本心，放在天秤空著的一端。因為兩端重量的不平衡，天秤開始上下搖擺。最後，真實的羽毛下沉，純然本心向上升起。

「你已通過所有的考驗，完全的智慧已經被打開。你現在是一個自由的人了，因為你擁有一顆充滿智慧的自由之心。」光的聲音說。

「**獲得純然本心，便能得到智慧，得到自由。**」我重複著。

「你讓我想到幾千年前曾在這裡出現過的一個人，像你一樣，沒有依從既定的正常途徑回到光海。他是第一個創建宇宙壇城、開啟時空之門回來的人；而你則透過宇宙壇城，築起天火之路回來。你們兩人有著許多相同的特質，皆追尋智慧的根源。那人後來成了一位大成就者，你跟他彷彿有著不可分割的緣分。」

「**悟道道破，證空空滅**。我是從他那裡學會這些智慧的。」我說。

「人生的最後一道問題，你準備好回答了嗎？你選擇離開還是回去？」光的聲音再一次問我。

「不都是同樣的地方嗎！」這是我的答案。

掀開書寫的紙卷，上面題著：無生亦無死。

國家圖書館出版品預行編目資料

生命迴旋：潛行生死2322天 / 鍾灼輝著. -- 初版. -- 臺北市：商周出版：家庭傳媒城邦分公司發行, 2011.11
面； 公分. -- (Open mind ; 19)
ISBN 978-986-121-721-5(平裝)

1.鍾灼輝 2.傳記 3.心靈感應

782.887 100020722

Open Mind 19

生命迴旋 潛行生死2322天

作　　者／鍾灼輝（Bell Chung）
企畫選書
責任編輯／徐藍萍
編輯協力／賴曉玲

版　　權／翁靜如、葉立芳
行銷業務／何學文、林秀津
副總編輯／徐藍萍
總 經 理／彭之琬
發 行 人／何飛鵬
法律顧問／台英國際商務法律事務所 羅明通律師
出　　版／商周出版
台北市104民生東路二段141號9樓
電話：(02) 25007008 傳真：(02)25007759
blog:http://bwp25007008.pixnet.net/blog
E-mail：bwp.service@cite.com.tw
發　　行／英屬蓋曼群島商家庭傳媒股份有限公司 城邦分公司
台北市中山區民生東路二段141號2樓
書虫客服服務專線：02-25007718；25007719
服務時間：週一至週五上午09:30-12:00；下午13:30-17:00
24小時傳真專線：02-25001990；25001991
劃撥帳號：19863813；戶名：書虫股份有限公司
讀者服務信箱：service@readingclub.com.tw
城邦讀書花園：www.cite.com.tw
香港發行所／城邦（香港）出版集團有限公司
香港灣仔駱克道193號東超商業中心1樓_ E-mail:hkcite@biznetvigator.com
電話：(852) 25086231 傳真：(852) 25789337
馬新發行所／城邦（馬新）出版集團【Cite (M) Sdn. Bhd. (458372U)】
11, Jalan 30D/146, Desa Tasik, Sungai Besi,
57000 Kuala Lumpur, Malaysia
電話：（603）90563833 傳真：（603）90562833

攝　　影／張哲瑋、黃惠琳、翟慎宏、黃家能、Richard Shum
封面設計／張燕儀
排　　版／極翔企業有限公司
印　　刷／卡樂彩色製版印刷有限公司
總 經 銷／聯合發行股份有限公司 電話：(02) 29178022 傳真：(02) 29156275

■2013年2月26日二版
■2021年7月06日二版3.3刷
定價300元

Printed in Taiwan

城邦讀書花園
www.cite.com.tw

版權所有，翻印必究 ISBN 978-986-121-721-5

商周出版

廣　告　回　函
北區郵政管理登記證
北臺字第000791號
郵資已付，免貼郵票

104　台北市民生東路二段141號2樓

英屬蓋曼群島商家庭傳媒股份有限公司城邦分公司　收

請沿虛線對摺，謝謝！

商周出版

書號：BU7019X	書名：生命迴旋	編碼：

請於此處用膠水黏貼

商周出版

讀者回函卡

謝謝您購買我們出版的書籍！請費心填寫此回函卡，我們將不定期寄上城邦集團最新的出版訊息。

姓名：________________

性別：□男　□女

生日：西元 ________ 年 ________ 月 ________ 日

地址：________________

聯絡電話：________________ 傳真：________________

E-mail：________________

職業：□1.學生 □2.軍公教 □3.服務 □4.金融 □5.製造 □6.資訊

□7.傳播 □8.自由業 □9.農漁牧 □10.家管 □11.退休

□12.其他 ________________

您從何種方式得知本書消息？

□1.書店□2.網路□3.報紙□4.雜誌□5.廣播 □6.電視 □7.親友推薦

□8.其他 ________________

您通常以何種方式購書？

□1.書店□2.網路□3.傳真訂購□4.郵局劃撥 □5.其他 ________

您喜歡閱讀哪些類別的書籍？

□1.財經商業□2.自然科學 □3.歷史□4.法律□5.文學□6.休閒旅遊

□7.小說□8.人物傳記□9.生活、勵志□10.其他 ________

對我們的建議：

____

____

____

____

請於此處用膠水黏貼